Ingrid Hahnfeld

Die Windfängerin

Roman

D1721639

Grüße von der Windfängerin an Gisela und Peter! Ingrid Hahnfeld

Dr. Rinke Verlag   Gröbzig

Die Deutsche Bibliothek - CIP-Einheitsaufnahme
Hahnfeld, Ingrid:
Die Windfängerin / Ingrid Hahnfeld. -
Gröbzig: Dr. Rinke, 2003

ISBN 3-9808507-1-4

© 2003 by Dr. Rinke Verlag,
Neue Str. 5, 06388 Gröbzig
Erstausgabe
Alle Rechte vorbehalten.
Satz: Kerstin Rinke
Druck: Druckhaus Schütze GmbH Halle
Titelbild: Marc Chagall: Meine Braut mit den schwarzen
        Handschuhen. © VG Bild-Kunst, Bonn 2003
Foto: Hans Hinz - Artothek

ERSTER TEIL

Rune ist ein Limonadenkind. Essig, Zucker, Wasser drauf: Trink, du Süffel, wenn es auch das Blut verdünnt. Kriegsbesäufnis des Mädchens am flauen Gebräu.

Das magische Jahr 1945. Da ist Rune knapp acht Jahre alt. Seelisch verstört von Bombenangriffen über Berlin, aber gerettet. In ihr Bewusstsein hat sich eingebrannt: Ich will leben. Muss am Leben bleiben. Sie hat zertrümmerte, hat entflammte Häuser gesehen. Legt, während sie im Korridor der Souterrain–Wohnung steht, beide Hände hinter den Rücken. Stützt sich an der Wand ab. Zittert vor Angst, während in der Straße über ihr Panzerfäuste krepieren, das Haus zu wanken scheint. Ich nicht. Ich bleibe. Mit diesen meinen Händen.

In die Wohnung gehen sie nur selten, um etwas auf dem Gasherd zu kochen. Meist sitzen sie im Luftschutzkeller. Haben sich dort eingenistet, wie ein deutscher Dichter es bei Gewitterstimmung will: *Urahne, Ahne, Mutter und Kind/ in dunkler Stube beisammen sind.*
Rune kennt diese Verse noch nicht, aber sie durchwacht

sie. Großmutter sitzt auf einem Holzhocker, unbequem, den krummen Rücken gegen die Wand gedrückt. Runzliges Gesicht schon immer. Graues Kraushaar aus der Stirn gekämmt zu einer welligen Matte. Unter den gesenkten Lidern Sterntaler, die manchmal auf Rune niederfallen. Der Großvater mit bäurischem Mund, voll und rot wie Ackerfurche. Langsamen Blicks, behäbig in Hals und Hüfte, ein Waldgänger. Pilze wird er erst nach Kriegsende wieder finden, im Schorf der zerbombten Wälder. Jetzt lechzt er nach einem Priem: Wer den hätte! Und er lässt seine hütenden Blicke über die Seinen wandern.

Die Tochter, Runes Mutter, schwebt in Lebensgefahr. Sie hält eine Rasierklinge in der Hand. Ist bereit, sich die Pulsadern zu öffnen. Rune, das Kind, altert in diesen Minuten.

Ich zuerst.

Und sie streckt der Mutter die mageren Arme hin. Um ihre Hände wäre es nicht schade.

Da greift der Großvater ein. Werkzeugmacher ist er, ein Prolet, Trinker mitunter. Er kämpft mit der weinenden Tochter, die in ihrer Furcht widersteht wie ein Mann. Sie ringen.

Das gibst du her, Klarissa. Tu das deinem Kind nicht an. Willst du sie umbringen, unsere Rune. Du bist nicht bei

Trost. Du bist ja nicht bei Gott.

Er entwindet seiner Tochter die Rasierklinge. Und Rune meint zu sehen, wie er sie verschluckt; denn sie muss aus der Welt vor der verstörten Mutter. Sie muss aus der Welt vor den Russen. Von diesem Augenblick an ahnt Rune, dass der Großvater nicht nur Märchen erzählt. Nicht nur Pilze sammelt. Er ist ein Waffenschmied. Und er macht sich inwendig scharf gegen Feinde.

Die Russen sind da. Stiefel poltern die Kellertreppe herab. Urahne, Ahne, Mutter und Kind erstarren. Und den übrigen Mietern des Hauses, die mit im Keller sind, sträuben sich die Haare. Rune hört, dass er deutsch spricht. Der Soldat zielt mit seinem Gewehr auf die Mutter.

Frau, komm mit.

Rune blickt zur Mutter auf, die neben ihr auf der Pritsche sitzt. Sie soll kommen? Wohin? Rune sieht, wie die Mutter den Kopf schüttelt, die Finger spreizt. Die Mutter ist ein einziges Nein.

Doch der Soldat kitzelt sie am Hals mit seinem Gewehr. Da kann die Mutter gar nicht anders: Sie steht auf. Sie geht mit. Hält den Kopf auf eine Weise, wie Rune es nie bei ihr gesehen hat. Frau, komm mit. Es muss ein böser

Spruch sein.

Rune blickt um sich. Keiner tut etwas. Großvater, Großmutter: Wird Mutter zurückkommen? Rune zählt es an den Knöpfen ihrer Strickjacke ab. Ja, nein, ja, nein.

Die Mutter kommt trotzdem. Ihre Schultern zucken von verhaltenem Schluchzen. Und sie hält, seltsam, ihren Schlüpfer in der geballten Faust.

Der Krieg ist aus. Die Erwachsenen trauen dem Frieden nicht. Während der letzten Apriltage bleiben sie noch im Keller hocken, gewohnheitsmäßige Angst hält sie fest. Auch Rune ist von diesem Frieden enttäuscht. Er hat ihre Hände nicht verwandelt. Sie hatte es so sehr gehofft.

Bis in den Keller hinab dringt das unmenschliche Schreien eines Mannes. Brüllen von Schlachtvieh. Keiner weiß, was es bedeutet.

Wochen später, bei Aufräumarbeiten im Hof, finden Großvater und die Mutter zwei abgetrennte Soldatenbeine in einem Koffer. In russischer Uniform.

Bei Rune kommt diese Nachricht eigenartig verschlüsselt an. Die Rede ist von bestialischer Infamie. Infamie?

Diese Iwans!, keucht der Großvater.

Und Mutter, blass wie ein Tuch, hält sich die Nase zu.

Der Krieg ist wirklich aus. Und endlich steigen sie aus dem Luftschutzkeller ans Licht. Es muss Mai sein, soviel Sonne flutet herab. Der Himmel ist höher geworden und seidenblau, seit keine Bomben mehr fallen. Rune staunt mit offenem Mund. Kein Fallschirm mehr, kein falsches Lametta. Und die Luft ist voller Gesang. Er kommt von der Straße her über den Hofzaun. Jenseits fahren Panjewagen. Lastautos voller Russen, und die Lieder dieser Soldaten reißen nicht ab. Solchen Gesang hört Rune zum ersten Mal. Das klingt so, wie sie sich Berge vorstellt. Berge, die um einen Waldsee ragen und bei Gewitter beben. Rune möchte weinen, weil sie die Sehnsucht in sich noch nicht erkennen kann.

Die Wohnung im Souterrain ist nicht mehr bewohnbar. Die Russen haben sie verwüstet hinterlassen. Fensterscheiben zerschlagen, Schübe aus ihren Fächern gerissen und zertreten. Kleidungsstücke liegen zerfetzt und verstreut, alle Lampen sind entzwei. Und es stinkt infernalisch. Die Wände sind beschmutzt.

Infernalisch? Rune schaut den Großvater an. Sein angewidertes Gesicht. Wie er die Nase kraust.

Ekelhaft. Widerlich. Teuflisch.

Rune wirft einen raschen, verstohlenen Blick auf ihre Hände.

Sind die infernalisch?

Sowieso gehört ihnen diese Wohnung nicht. Sie waren geflohen aus dem zweiten Stock ins vermeintlich sichere Souterrain. Dort haust der Onkel, wenn er nicht in Kriegsgefangenschaft ist. Dort lebt er mit seiner Frau und zwei Kindern, die jetzt verschollen im Sudetengau warten. Kriegswirren noch lange, lange.

Sie fassen wieder Fuß unterm Dach. Großvater vernagelt die zerscherbten Fenster mit Pappe. Zwischen seinen vollen Lippen stecken Nägelchen, die er vorsichtig hervorzieht und mit einem Hammer einschlägt. Rune schaut ihm zu. Bei jedem Schlag hüpft Großvaters Adamsapfel, und Rune meint, die verschluckte Rasierklinge werde herausspringen. Doch gleichzeitig ist Rune gewiss, dass sie in ihm bleiben wird und den Großvater unverwundbar macht.

Es ist nichts da, was man in den Kochtopf stecken kann. Es gibt nichts, was man ungekocht kauen könnte. Jetzt ist es lange hell, und die Stromsperren kümmern noch wenig. Kein Brennmaterial. Die Öfen stehen kalt. Ach was, es geht auf den Sommer!

Sie haben Essig, ein wenig Zucker, Wasser. Das Limonadenkind kommt während der heißen Tage auf seine Kosten. Rune trinkt sich dünnes Blut an. Und die Erwachsenen halten gierig mit.

Am Gasherd steht die Großmutter. Mit dem Zwicker des Gasanzünders schabt sie sich den Rücken. Sie hat beizeiten nicht hexen gelernt, nun höhnen leere Töpfe sie an. Sie guckt biestig um sich.

Glaubt ihr, ich kann hexen?

Muss sie aber können. Muss eine Kartoffel klauben aus dem Irgendwo, sie in einen Topf voller Wasser reiben. Funzelsuppe.

Schmeckt gut, wenn man Brennnesseln dazuwirft.

Für Brennnesseln und Melde ist Großvater zuständig. Jetzt ist Sommer. Er findet.

Rune tritt eines Abends in die Küche, vom Fenster angezogen wie von einem Zauber. Der Mond. Er scheint herein, er ist größer als das Haus. Rune weicht einen Schritt zurück, weil es das nicht geben kann: Der goldhelle Mond besitzt die Küche. Allen Hausrat hat er an sich genommen, Rune wagt nichts zu berühren. Sie hört ein Seufzen, und sie greift beklommen hinter sich zur Türklinke.

Niemand ist da. Es war der Mond.

Der Mond hat sie angesprochen mit diesem Laut und einen kleinen, wundersamen Schmerz in ihr erzeugt.

Die Russen lieben kleine Kinder. Nur kleiner als Rune müssen sie sein.

Dem Haus gegenüber in einer Baumschule - was müssen Bäume lernen? - haben Soldaten ein Lager aufgeschlagen. Zelte stehen dort, Jeeps, Lastwagen. Eine Wolke von Gesang über dem allen, berauschend wie Blütenduft. Die Russen kochen in großen Kesseln Bohnensuppe oder Fettgraupen, sie säbeln nasses, schweres Brot zu Quadern. Das Gartentor der Baumschule steht weit geöffnet. Eine Schlange von Kindern wartet davor, jedes mit einem Töpfchen oder Kochgeschirr versehen. Rune hat sich eingereiht. Sie knickt die Knie ein, schiebt sich in dieser mühsamen Pose Schritt um Schritt voran. Macht sich so klein sie kann, sperrt töricht ein Kindermäulchen auf: So gerissen ist sie schon mit ihren knapp acht Jahren. Nur die Hände, die kann sie nicht verbergen. Müssen ja die Topfhenkel halten.

Als sie an der Reihe ist und ihren Topf hinhält, verharrt der Soldat einen Augenblick mit erhobener Schöpfkelle. Er betrachtet Rune.

Beine kaputt?

Er hat ihre Hände nicht angeschaut.

Nichts gemerkt, der Russe.

Sie ist wildwüchsig im Kopf, noch nicht eingeschult. Die Wirren der Zeit. Ihr Geist ist mit Märchen beschäftigt, mit Schlagerfetzen, die Mutter Klarissa singt. Auch Operettenklänge nisten sich ein.

Florenz hat schöne Frauen ...

Rune stellt sich einen Wiesengarten vor, in dem sie einmal auf dem Rücken lag und mit den Augen Wolken nachzog. Das wird Florenz sein. Und die schönste Frau ist ihre Mutter.

Nicht ganz. Rune mogelt ein bisschen. Zwar hat die Mutter Schneewittchenhaar bis auf die Schultern herab. Zwar sieht sie aus wie eine Schaufensterpuppe, das lächelnde Gesicht weiß und rosa. Aber ihre dunklen Augen gucken auf Rune manchmal so streng, so kalt. Dann denkt Rune an die Königin im Märchen, die neidisch auf Schneewittchen ist. Vor Schreck hält Rune sich die Ohren zu, damit die Mutter nichts von ihren Gedanken hört. Das darf Rune niemals fürchten: Dass die Mutter Königin sie mit einem Jäger in die Waldwildnis schicken könnte …

Die Mutter duftet nicht nach Mutter. Sie riecht gut, aber entfernt. Wenn Rune sich an sie drängt und schnuppert, ist ihre Nase enttäuscht. Die Mutter riecht erwachsen. Das Parfüm könnte an jeder anderen Frau kleben.

Manfred von zwei Häusern weiter, der hat eine richtige Mutter. Dem Mädchen Rune, Heidrun Erlenbach, zieht schwebend Sehnsucht durchs Gemüt. Soll er nur aufpassen, dieser Manfred. Vielleicht ist sie eines Tages so schlau, die beiden Mütter zu vertauschen.

Runes Mutter. Ach, diese Mutter.

In ganz jungen Jahren hatte das Glück sie verlassen. Richtiger gesagt: Es war gar nicht erst gekommen.

Pausbäckige Klarissa mit Schneckenfrisur über den Ohren. Sonntags ein Samtband um den Hals: Schwarz auf Weiß. Sie war den Eltern unter den Händen weggewachsen mit ihrer Klugheit, durch die Grundschuljahre geflogen wie ein Adlerjunges. Und doch musste sie sich dem Vaterspruch fügen. Der konnte gar nicht anders ausfallen in diesem November des Jahres 1929.

Der Schuldirektor selbst hatte den Erlenbachs einen Hausbesuch abgestattet.

Dieses Kind, Ihre Klarissa, muss auf die Oberschule. Später studieren.

Paul Erlenbach blieb auf seinem Küchenstuhl. Er hatte nicht gelernt, vor feineren Leuten aufzustehen.

Nein, entgegnete er.

Aber sie ist begabt. Sie muss.

Paul Erlenbach sog seine bäurische Unterlippe zwischen die Zähne.

Dafür fehlt das Geld.

Klarissa bekommt einen Freiplatz.

Ich hab ihr für den Winter eine Lehrstelle besorgt.

Das sagte Paul Erlenbach nicht ohne Stolz. Die Tatsache grenzte an ein Wunder in dieser Zeit der beginnenden Weltwirtschaftskrise. Ein Kneipenkumpan hatte eine Schwester, und die Schwester führte ein Miederwarenge-schäft, und für das Miederwarengeschäft suchte die Schwester ein fügsames Lehrmädchen … Paul hatte zuge-griffen. Er bekräftigte seine Absichten vor dem Schul-menschen.

Nein. Klarissa soll verdienen. Wir haben anders mit dem Kind geplant.

Bis jetzt hatte Ida Erlenbach an sich gehalten, sich nicht in das Gespräch gemischt. Doch nun konnte sie der Verlockung nicht widerstehen, für ihre Kleine die Sterne vom Himmel zu holen.

Denk doch, Paul. Wenn eine Doktorsche aus ihr werden kann.

Paul hob den langsamen Blick und feixte.

Dass ich nicht lache!

Wenn der Direktor es sagt.

Und endlich zog sie einen Stuhl heran, wischte mit ihrem Schürzensaum den Sitz blank.

Setzen Sie sich, Herr Direktor.

Tatsächlich schien der Mann zu hoch gewachsen für diese Armeleuteküche. Er knickte ein, halbierte sich gleichsam, nahm skeptisch Platz.

Danke.

Ida Erlenbach, damals noch mit energischem Feuer in Blut und Blick, wurde vertraulich. Sie nahm die Lehne des Stuhls, auf dem der Direktor saß, mütterlich in den Arm. Ihr war, sie müsse ihre Kleine halten und wiegen, ihr ganzes Leben sichern. Sie redete dem Direktor nach dem Munde.

Ich hab das an Klarissa auch schon gemerkt, dass sie eine Neunmalkluge ist.

Jetzt erhob sich Paul. Er schob den Stuhl zurück, seine vollen Lippen flatterten in einem kurzen Pfiff.

Nischt is. Basta. Das Mädel muss verdienen.

Mit diesem knappen Spruch teilte er seiner Tochter ihre Zukunft zu. Und Ida Erlenbach wusste, dass daran nicht zu rütteln war. Ihr gesunder Menschenverstand musste Paul sogar recht geben. In dieser Zeit beginnender Arbeitslosigkeit mussten sie nehmen, was sich bot. Und flink schwenkten ihre Gedanken zum älteren Sohn. Der sich arbeitslos in den Straßen Köpenicks herumdrückte. Noch immer vertraulich den Direktor im Arm, fragte sie süß:

Einen Chauffeur brauchen Sie nicht?

Nein. Danke. Kein Bedarf.

Klarissa lernt, dicken und dünnen und jungen und alten Frauen Mieder anzupassen. Sie schnürt Korsetts. Hakt gefällig Büstenhalter zu, legt Seidenstrümpfe auf den Ladentisch. Von sieben bis sieben, samstags bis dreizehn Uhr. Morgens fährt sie durch halb Berlin, um in den kleinen Laden in Westend zu gelangen. Abends erschöpft die lange Tour zurück. Sie steht den ganzen Tag auf den Beinen. Manchmal muss sie geänderte Waren an Kundschaft austragen, Laufmädchen also auch. Treppauf in fremden Häusern, da torkelt ihr krankes Herz, gerät aus dem Takt. Sie bleibt stehen, schnauft, lechzt nach Luft.

Ach, diese Mutter.

Pausbäckig bleibt sie nicht lange. Der Kinderspeck schmilzt im Alltagskampf. Sie muss das Falsche lernen. Wo ihr Kopf arbeiten möchte, sind nur geschickte Finger gefragt und unterwürfiges Lächeln.

Sie beendet ihre Lehre, wird eingestellt. Die Zopfschnecken fallen, ein Friseur dreht ihr Locken an. Nun kann sie den Kopf für junge Männer schütteln. Sie ist sich für alle zu schade, schlank und hübsch wie sie ausschaut. Sie kann Grübchen machen, wenn sie lächelt. Und sie lernt auf einer Maschine nähen, die ihrer Mutter gehört. Nette, törichte Kleidchen, in denen sie ausschreitet wie in einer Operette. *Florenz hat schöne Frauen …*

Klarissa Erlenbach. Ihr Name weckt kein Echo, wenn man ihn in die Weltgeschichte hineinruft. Aber er bleibt in kleinem Kreis nicht ungesellig, findet Freundinnen. Klingt auf bei Geburtstagsfeiern, bei Kahnpartien auf Dahme und Spree. Er lauert ihr auf in Sprechzimmern von Ärzten, im Krankenhaus … Und mehr als ihren Namen hat sie kaum. Sie setzt ein deutliches Fräulein davor, wickelt sich ein in diese Identität, die sie schützen soll. Vor Proleten, vor Armeleutejungs. Klarissa trägt ihren hochtrabenden Namen wie eine Krone. Soll nur einer danach zu greifen wagen.

Es ist merkwürdig: Ungenutzte Gaben verkümmern. Klarissa Erlenbach ist das neunmalkluge Kind immer weniger anzumerken. Sie gleicht sich an. Ihre Lebenslage zieht sie herab. Bald ähnelt sie ihrem Bruder Kurt. An den Wochenenden spielt sie häufig mit Kurt und ihrem Vater Skat.

Klarissa empfindet eine ungewisse Pein bis in ihre Träume. Sie spürt, dass sie betrogen worden ist. Betrogen um sich selbst, um ihre Gaben. Das macht sie seltsamerweise hochmütig andern gegenüber und hart. Sie gewöhnt sich ein verächtliches Lachen an, das sie in hohem Ton ansetzt und abwärts kollern lässt. Sie blickt unfreundlich auf ihre Herkunft. Selbstgerecht entscheidet sie sich gegen ihre Eltern. Will weg. Kann nicht. Wenn sie nur ein bisschen mehr, sehr viel mehr Geld verdienen würde.

Ach, diese Klarissa.

Ein wenig besser ist es mit den Jahren geworden. Sie hat eine neue Arbeitsstelle gefunden, in Karlshorst. Nun braucht sie nicht mehr den langen Weg mit der S–Bahn zu fahren. Aber aus dem engen Nest der Erlenbachs kann sie nicht entfliehen. Will auch nicht mehr. Es ist einfacher so für sie. Sie wird irgendwann ihren Prinzen treffen.

Obwohl Klarissa keine Zeitung anrührt und niemals Nachrichten im Radio hört, hat es sich zu ihr herumgesprochen. Seit Heil Hitler den Autobahnbau betreibt und mit der Rüstungsindustrie auftrumpft, schwindet die Arbeitslosigkeit. Klarissa darf sich sicher fühlen für alle Zeit. Nun wird es golden, und ein Auto ist keine Undenkbarkeit mehr.

Nur der Vater, dieser handfeste Proletarier, unkt.

Sehnt ihr euch nach Krieg? Rüstung will verwendet werden.

Jaja. *Florenz hat schöne Frauen …*

So singt Klarissa mit Tremolo in der Stimme im Jahr 1935. Im Jahr darauf traf sie ihren Prinzen.

Nach dem ersten Tanz mit ihm flammte ihr Herz lichterloh. Kurt, der Bruder, hatte Klarissa mitgenommen zu diesem öffentlichen Weihnachtstanzabend. Nun beobachtete er die jüngere Schwester, die in seliger Versunkenheit einem hochgewachsenen blonden Mann im Arme lag. Walzer, Walzer, immer wieder Walzer. Klarissas Wangen röten sich. Sie blickt zu diesem Mann auf, der ihr schön erscheint wie keiner, und ihre Augen gehen über. Sie muss an sich halten, dass sie vor innerem Jubel nicht in Tränen ausbricht. Er schwingt sie im Kreis wie ein Püppchen, Kurt sieht es mit Besorgnis. Wenn nur das Herz der Schwester nicht zu stürmisch schlägt bei dieser Raserei, die er in Klarissas Augen liest. Eine wilde, gefangene Grille in der Brust.

Sie sind schön, Fräulein.

Finden Sie?

Und Ihr Name?

Sie zwinkert, senkt den Blick. Sieht seine Krawatte an und sagt es der.

Hübsch. Gefällt mir.

Sie atmet tief aus, als müsse nun alles gut werden.

Rundum, rundum. Stechende Schmerzen in der Brust. Sie wagt nicht innezuhalten. Kann doch diesen Prinzen nicht enttäuschen.

Die Kapelle bricht ab, ein Tanz ist beendet. Schwankend hält Klarissa sich an seinem Arm fest. Ihr Blick irrt ab, fällt auf den geschmückten Tannenbaum, der in einer Ecke des Saales steht. Die Kugeln kreisen ihr vor den Augen wie Sterne, unwillkürlich krallt sie ihre Finger in den Stoff seines Ärmels.

Ist Ihnen nicht gut, Fräulein Klarissa?

Mit einem Ruck holt sie ihren Blick zurück, schaut dem Prinzen ertappt in die Augen. Stammelt.

Wieso?

Ich bin Arzt.

Klarissa nimmt ihre Hand von seinem Arm, tritt einen ungläubigen Schritt zurück. Einen besseren Prinzen hätte sie nicht finden können. Das Glück kann kommen.

Statt seiner kommt Unglück.

Klarissa verabredet sich mit ihrem Prinzen zum Neujahrstag. Sie sitzen in einem dämmrigen Café zur Nachmittagsstunde, Papierschlangen hängen bunt an den Wänden. Im Raum wabert das Dunstgemisch der vergangenen Silvesternacht: Wein, Rauch, schwüles Parfüm.

Hans heißt er. Der blonde Hans.

Er legt ihr sanft die Hände auf, und sie zieht die ihren

nicht zurück. Obwohl sie ein wenig rau sind, aufgesprungen von der Winterkälte.

Wie schön Sie heut wieder sind, Klarissa.

Nun muss sie ihm doch ihre Hand entziehen, um so recht zu zeigen, was sie kann. Sie zupft die Blusenschleife zurecht, die eng den Hals umschließt.

Alles selber genäht, sagt sie stolz.

Er räuspert sich.

Ich meine eigentlich Sie.

Sie wird rot, aber der blonde Hans übergeht das. Er winkt die Servierin heran. Er bestellt Kaffee. Fragt lächelnd:

Ein Likörchen?

Ja.

Bis der Abend heran ist, hat Klarissa fünf oder sechs Likörgläschen ausgeschleckt. Geredet haben sie miteinander lauter Luft, viel Garnichts. Aber nun sagen sie einander Du.

Er führt sie in ein Hotelzimmer. Obwohl die Beleuchtung karg ist, sind die abgeschabten Tapeten zu erkennen, der fleckige Teppichboden. Klarissa atmet beklommen, greift sich verstohlen ans Herz. Sie kämpft ihre Bedenken nieder.

Der Prinz hat ihr seine Liebe gestanden. Was macht da schon ein schäbiges Zimmer aus.

Sie lacht nicht, als er sie zu sich aufs Bett niederzieht. Das kann sie gar nicht bei der Andacht, die sie ergriffen hat. Bis in ihre dunklen Schüttellocken empfindet Klarissa Liebe. Auch Angst, als seine Hand ihre zusammengepressten Knie aufbricht. Doch tut er es so behutsam, dass sie nachgibt. In ihrem Blut dreht der Likör seine Runden. Trotz des leichten Schwindelgefühls im Kopf weiß Klarissa, dass sie sich vorher für den Rest ihres Lebens versichern muss.

Liebst du mich wirklich? Für immer?

Er haucht ihr feuchtwarm ins Ohr.

Das weißt du doch.

Er entkleidet sie gar nicht. Flüchtige Verwunderung bei ihr. In Filmen ist das anders. Das Selbstgenähte wird in die Höhe geschoben, bis über die Hüften hinauf. Es wird völlig zerknittern, fährt es Klarissa bedauernd durch den Kopf. Geschickt streift er ihren Schlüpfer von den Beinen, aber die Strumpfhalter löst er nicht. Plötzlich berührt seine Hand sie so sehr, dass Klarissa aufstöhnt. Sie schließt die Augen einen Moment, um sie sogleich wieder zu öffnen. Wie von selbst steigen ihre Beine in die Höhe. Und mit verschwimmendem Blick erkennt sie: Sie hat ja noch die Pumps an den Füßen.

Und das war schon alles.

Zur nächsten Verabredung erscheint der blonde Hans nicht, obwohl Klarissa länger als zwei Stunden unter der Bahnhofsuhr herumstreicht. Kalt ist es, kalt. Sie friert sich die Beine blau in ihren dünnen Strümpfen. Ihre Enttäuschung weicht einer bangen Ahnung, die sie nicht zulassen möchte. Was, wenn er sie belogen hat? Sie gar nicht liebt? Aber es kann nicht sein, er hat doch *das* mit ihr getan. Sie hat sich ihm doch hingegeben für alle Zeit.

Bedrückt schleicht sie schließlich nach Hause, ins enge Erlenbachnest. Hier ist es wenigstens warm. Vater und Mutter sind ins Kino gegangen. Bruder Kurt sitzt am Küchentisch, blickt fragend von seinem Kreuzworträtsel auf.

Schon zurück?

Mutlos hängt Klarissa ihren Mantel an den Wandhaken.

Sie kämpft mit den Tränen.

Er ist nicht gekommen.

Kurt fährt mit der Hand über seine schwarze Haarwelle, drückt sie behutsam zurecht. Seine blauen Augen mustern misstrauisch die Schwester.

Du hast dich doch nicht eingelassen?

Seine Frage treibt ihr Tränen in die Augen, nun beginnt sie doch zu weinen. Sie muss mehrere Male schluchzen, bevor sie antworten kann.

Doch.

Kurt wirft den Bleistift hin.

Heiliges Kanonenrohr! Schneller ging's wohl nicht. Halt bloß die Klappe vor den Alten. Ist alles in Ordnung mit dir?

Verzagt hebt sie die Schultern. Der eindringliche Blick des Bruders macht sie verlegen.

Weiß nicht. Hoffentlich.

Menschenskind, Klarissa!

Er springt auf, rüttelt sie bei den Schultern.

Wenn was passiert ist, du. Den Kerl kaufe ich mir!

Klarissa schüttelt ihn ab.

Wie denn?, ruft sie verzweifelt. Wie denn?

Ungläubig guckt Kurt sie an.

Sag bloß, du weißt nicht.

Und nun sind ihre Locken nicht mehr viel wert, Klarissa schüttelt sie gleichsam vergeblich.

Suche mal jemand einen blonden Hans in dieser Stadt

Berlin. Noch dazu einen, der nicht darauf aus ist, sich finden zu lassen.

Mehrere Abende noch, zur verabredeten Zeit, steht Klarissa unter der Bahnhofsuhr. Vielleicht hat sie sich im Datum geirrt, vielleicht kommt er irgendwann.

Kein blonder Hans lässt sich sehen.

Klarissa sucht das Café auf, in dem sie sich am Neujahrstag getroffen haben. Schamrot fragt sie die Serviererin nach dem blonden Hans.

Nein, keine Ahnung.

Einige Wochen später ist ihre Verzweiflung so groß, dass sie nach dem schäbigen Hotel zu suchen beginnt. Aber sie kann sich nicht erinnern, wo es war. Sie fragt an einigen Empfangstheken, bei mehreren Portiers, und ihre steigende Angst macht sie nahezu schamlos. Sie nennt den Tag, die Stunde, an die sie sich nur vage erinnert.

Keine Auskunft.

Endlich vertraut sie sich dem Bruder an.

Ich bin schwanger.

Heiliges Kanonenrohr.

In fieberhafter Erregung probiert sie die untauglichen Mittel, die ihr bekannt sind. Sie muss es heimlich tun, wenn der Vater außer Haus ist: Brühheißes Bad. Vom Tisch springen. Sie stürzt sich sogar im Hausschacht eine Treppe hinunter. Die Mutter hat sie in ihrer Verzweiflung schließlich eingeweiht.

Mamma. Ach mein Gott, Mamma.

Ida Erlenbach schlägt entsetzt die Hände zusammen.

Wie konntest du. Wenn das Pappa erfährt, der schlägt dich doot.

Wär am besten, Mamma.

Die kleine, kraushaarige Mutter nimmt ihre Klarissa in den Arm.

Meechen, Meechen. Heul nicht, das hilft uns nicht.

Weiteren Rat weiß sie nicht. Sie kennt keine weise Frau, die helfen könnte.

Da stehst du sowieso mit einem Bein im Grab.

Es soll Ärzte geben, die es machen.

Daran ist nicht im Traum zu denken, wir sind arm.

Fuchtig schlägt Ida Erlenbach mit der Faust auf den Küchentisch.

Der Schuft, der! Der dir das angetan hat. Musstest du dich wie ein Flittchen benehmen.

Klarissa kann als Antwort nur schluchzen. Schließlich würgt sie unter Tränen hervor:

Es war doch Liebe, Mamma.

Der wendigen Ida verschlägt es den Atem. Ihr sträuben sich gleichsam die ohnehin widerspenstigen Haare.

Liebe, stöhnt sie ungläubig, bist du meschugge? Steht das Gänschen da und schnattert. Von Liebe! Jott Strammbach, mir wird kotzübel bei solchen Sprüchen.

Ida Erlenbach strafft sich. Ihr ist doch etwas eingefallen.

Warte, bis ich wiederkomme. Und keinen Muckser bis dahin.

Sie bindet ihre Schürze ab, hängt sie über die Türklinke.

Hast du Kurt was gesagt?

Klarissa nickt, ihre trüben Locken wippen.

Versohlen müsste man dich. Na, ist schon egal.

Sie zieht eine Schublade des Küchenspinds auf, greift nach ihrem Portemonnaie. Geht.

Eine Stunde später brüht sie für ihr gottverlassenes Kind einen Tee auf, grässlich stinkenden Sud.

Trink. So heiß es geht.

Klarissa gehorcht, verbrennt sich fast den Schlund.

Wieder eine Stunde später hat Klarissa Magenkrämpfe, muss sich übergeben. Dann herrscht Ruhe.

Das Kind in ihrem Leib sitzt fest. Es lässt sich nicht vertreiben.

Sie verschweigen es dem Vater, solang es irgend geht. Die beiden Frauen und Kurt mit seiner schneidigen Welle über der Stirn: Sie geben sich harmlos wie junge Kaninchen. Hoffen sie noch auf ein Wunder?

Paul Erlenbach, den Jahre später ein verstörtes Kind vermeintlich eine Rasierklinge schlucken sehen wird, hebt den schweren Blick. Er schaut die Seinen an, die ihm Unschuld vorgaukeln, und in seinem Schädel beginnt eine Ahnung zu pochen. Er hat den Seitenblick seiner Frau erwischt, mit dem sie Klarissas Bauchpartie maß. Paul erinnert sich: Schon seit einigen Tagen ist das Mädchen ihm molliger als sonst vorgekommen. Und es ist keine gute, satte Molligkeit. Es ist eine verschämte, unzüchtige Wölbung des Bauches.

Er schiebt die volle Unterlippe vor, legt in gespielter Nachdenklichkeit seinen braunhäutigen Zeigefinger an den Nasenflügel. Er bleibt um Hals und Hüfte noch ganz behäbig. Aber sein Adamsapfel beginnt zu zucken.

Wollt ihr drei, fragt er leise, mir etwas verbergen? Wollt ihr drei mir ein stummes Rätsel aufgeben, ja? Habt ihr den alten Paul hinters Licht geführt, wie?

Wortlos starren sie ihn an. Ida hat sich auf ihren Stuhl geduckt wie ein Huhn zum Eierlegen. Sie muss Kraft sammeln, gewaltig viel Kraft, um den bevorstehenden Sturm zu überstehen. Kurt, der seit einiger Zeit einen Chauffeursanzug trägt, eine feine Stelle hat, drückt abwartend seine Haarwelle in Form. Mal musste es ja kommen, Kurt ist gefasst. Klarissa befindet sich in panischer Angst, unwillkürlich streckt sie beide gespreizten Hände gegen den Vater.

Paul verzieht den roten Trinkermund zu einem tückischen Lächeln. Mit seiner Pranke umschließt er die Handgelenke der Tochter, drückt sie hinab.

Da bin ich aber mal neugierig. Steckt was im Bauch? Steckt im Bauch und wächst und wächst? Na, mein Fräulein Tochter: Antworte mir.

Er hat leise und hämisch gesprochen. Jetzt brüllt er.

Antworte mir!

Klarissa zuckt zusammen, ihre Locken zucken zurück. Sie versucht, dem Vater auszuweichen. Vergebens. Er hält ihre Handgelenke wie in einem Schraubstock. Sie bricht in Tränen aus.

Ida hat Kräfte gesammelt. Sie fährt auf von ihrem Stuhl, stellt sich hinter ihr Kind. Die Hände auf Klarissas bebenden Schultern sagt sie:

Paule, tu dem Mädel nichts. Es ist nun mal so gekommen.

Wie erstaunt hebt er den Blick zu seiner Frau.

Ja? Es ist so gekommen? Und nun wird's wohl bald kommen!, ruft er wütend aus.

Er löst den Griff seiner Pranke, stößt Klarissa von sich. Während er aufspringt, kippt sein Stuhl um. Er ist blass geworden vor Ekel und Zorn. Und er hebt den Arm, weist mit ausgestrecktem, bösem Zeigefinger zur Tür.

Raus.

Und als Klarissa nur hilflos schluchzt und bettelnd die Mutter anschaut, richtet Kurt behände den gestürzten Stuhl wieder auf. Schmeichelnde Worte.

Das meinst du doch nicht so, Pappa.

Raus! Und komm mir nicht mehr unter die Augen.

Ida Erlenbach rafft ihren Mut zusammen. Klein steht sie ihm gegenüber, aber doch entschlossen.

Paule. Versündige dich nicht. Das Mädel bleibt. Wo sollte sie denn hin?

Seine Wut steigert sich an ihrem Fürspruch, die Stimme bricht ihm weg, als er brüllt:

Du kannst gleich mitgehn, Mutter einer Hure. Raus aus meinem Hause!

Bei dieser pathetischen Floskel, gesprochen von einem armen Arbeitsmann, befällt Kurt ein nervöses Lachen. Er tarnt es mit einem Hüsteln, nimmt die Schwester bei der Hand, zieht sie mit sich zur Wohnungstür.

Komm. Du musst hier verschwinden.

Und wirklich weiß der Bruder Rat.

Es kann nur eine Zuflucht geben: Im Nachbarhaus die alte Kräuterfrau. Sie lebt allein, trägt ein Muttermal übers halbe Gesicht. Und sie lahmt ein wenig, zieht das linke Bein nach. Fuchsrotes Haar kräuselt sich um ihre Stirn und um die Ohren, sie trägt es kurz wie eine Haube. Grete Wunsch heißt sie, die rote Grete. Grete ist verwitwet. Soll, so munkelt man, schon vor ihrer Ehe irgendwo ein Kind gehabt haben. Der Tod ihres Mannes hat ihr das Gesicht zerknittert zu Pergamentpapierfältchen, dicht bei dicht, kreuz und quer. Sie sieht wie ein Gewitter aus. Das violette Muttermal liegt im Streit mit dem fuchsigen Haar, beide Rottöne schreien gleichsam gegeneinander an. Auch den Hals hinab ziehen sich Runzeln und Falten, obwohl die rote Grete noch keine sechzig ist.

Kräuter sammelt sie schon immer. Vieles trägt sie zur Apotheke und bekommt ein paar Groschen dafür. Sie hält aber auch Besonderes zurück, woraus sie Tees bereitet für sich selbst. Manch einer aus der Nachbarschaft hat sich von der roten Grete beraten und helfen lassen. In Krankheitsfällen teilt sie bestimmte Kräuter aus. Vor wenigen Monaten erst hat Ida Erlenbach bei ihr vorgesprochen, die sie sonst eher gemieden hatte. Schamvoll und verzagt hat sie vor ihr gestanden, sich wenige, bittende Worte abgerungen.

Bitte, Wunschen: Die Klarissa.

Ja?

Deutlicher hat sie schon werden müssen, die rote Grete ist keine Hellhörerin. Keine Seherin. Und die andere hat barmend ihre Hände gerungen.

Meine Klarissa. Sie ist verfallen.

Ah.

Durch die Gewitterfrau zuckt ein Wetterleuchten, Haar und Muttermal schleudern ihr Rot gegeneinander.

So ist das?

Und Ida Erlenbach nickt zerknirscht.

Helfen Sie.

Lange anflehen lässt sie sich nicht. Sie greift in ihre Dosen und Schachteln, zupft ein Kännchen voll Kräuter zusammen.

Aufbrühn. Heiß. So heiß wie möglich trinken.

Dafür bezahlen lässt sich die rote Grete nicht.

Menschenskind, Wunschen. Tausend Dank.

Kurt weiß nichts von diesem Handel. Er hat nicht erfahren, wie Klarissa der Sud bekommen ist. Jetzt aber kommt ihm zugute, dass er von den Kammern weiß.
Grete Wunsch hat hinter ihrer Küche zwei schmale Verschläge, Kammern kaum zu nennen. Schlafstellen, die sie mitunter vermietet. Vielleicht ist jetzt eine von den beiden frei. Die paar Mark Miete könnte Kurt für die Schwester aufbringen.

Als er mit Klarissa vor der Tür steht und anklopft, klammert sich die Schwester an seinen Arm.
Ich fürchte mich vor der.
Hättest dich lieber vor was anderm fürchten sollen. Und hör auf zu heulen.
Sie reibt sich mit dem Handrücken die Augen aus.
Sei nicht so herzlos, Kutte.
Die Tür wird geöffnet, und sie sehen zuerst das Huhn. Es schlenkert den Kamm, als winke es ihnen zu. Vielleicht erkennt es sie wieder. Sie sind ihm oft auf der Straße begegnet, wenn Grete Wunsch es an einer Strippe um den Hals spazieren führte. Es dreht den Kopf und blickt sie

zutraulich an.

Hinter der geöffneten Tür lugt Grete Wunsch hervor. Sie ist im Unterrock, offenbar haben die Geschwister sie bei der Toilette gestört. Sie dürfen eintreten, die rote Grete kreuzt ihre Arme vor der Brust, Blickschutz genug.

Sie fragt nichts. Wortlos hört sie zu, während Kurt in ungeschickten Worten sein Anliegen vorträgt.

Die Wunschen nickt. Zur Zeit sind beide Kammern frei. Klarissa bekommt die größere, in der außer dem Bett noch ein Tischchen samt Stuhl Platz haben. Tageslicht gibt es nicht. Aber wenn Klarissa die Kammertür einen Spalt breit offen lässt zur Nacht, kommt Helligkeit aus der Küche herein. So großzügig ist Grete Wunsch: Sie will die Deckenlampe nachts über brennen lassen.

An der Kammertür ist ein Haken für die Kleider festgenagelt. Waschen darf sich Klarissa am Waschständer in der Küche.

Die rote Grete mustert Klarissa.

Wann ist es denn soweit?

Im September.

Krankenhaus?

Klarissa schüttelt entschlossen den Kopf.

Eine Hebamme soll kommen.

Die Wunschen denkt ein paar Augenblicke darüber nach. Die Fältchen in ihrem Gesicht führen ein Eigenleben. Wie Rinnsale sind sie, in denen Licht fließt, dann und wann aufblinkt. Sie löst die Arme vor der Brust, greift nach einer Bluse, die über der Stuhllehne hängt. Sie streift sie über den Kopf, ihr Rotschopf knistert dabei wie Heu.

Meinetwegen, sagt sie schließlich, Sie müssen es wissen. Ich werde dann wohl ein paar Tage über Land sein.

Und zum Huhn hinab, das an ihrem Pantoffel zupft:

Ja, Erna. Dich nehm ich mit.

Kurt drückt erleichtert seine Welle zurecht. Er hat Geld bei sich, und er zahlt im voraus eine kleine Miete. Die Wunschen ist nicht unverschämt.

Ach, diese Mutter. Diese Mutter.

Arbeiten geht Klarissa Erlenbach fast bis zuletzt. Hochschwanger steht sie hinter dem Ladentisch, geschnürt. Der Bauch ist gewölbt, nicht zu sehr. Ihrer neuen Chefin muss sie Rede und Antwort stehen. Diese akkurate Frau zeigt Herz. Sie wirft Klarissa nicht hinaus. Verspricht ihr sogar, die Stelle für sie frei zu halten, wenn Klarissa bald nach der Entbindung wiederkommt. Da muss sie fix sein, kein Erholungsurlaub.

Klarissa senkt die Lider über ihre brennenden Augen, in denen Angst und Ratlosigkeit zu lesen sind. Was dann? Wohin? Und sie legt, ohnmächtig gegen ihr Schicksal, hart eine Hand an ihren Leib. Spürt das Kind, das ihr die Zukunft verdorben hat. Kein zweites Mal wird ein Prinz sich nähern. Unbarmherzig wirft sie das dem Ungeborenen vor.

September. Sonnenblumen stehen mit schweren, hängenden Köpfen, in denen sich braune Reife wiegt. Buschig bunte Astern werden auf dem Markt verkauft, die Wespen schwärmen über den Auslagen der Bäckerläden. Kurt bringt seiner Schwester eine Spitztüte voll reifer Pflaumen mit in ihre Kammer. Der süße Saft schmeichelt ihr kurzen Trost in den Mund.

Es ist Samstag Nachmittag, die Wehen setzen ein. Erschreckt greift Klarissa nach Kurts Händen.

Oh Gott. Es geht los, glaube ich.

Kurt sitzt im Chauffeursanzug auf dem Stuhl in ihrer schmalen Kammer. Sein Dienst fängt bald an, er hat seinen Chef zu einem Herrenabend nach Wilhelmshagen zu chauffieren. Er erhebt sich, nimmt die Mütze vom Haken, zeigt Umsicht.

Ich sag der Hebamme Bescheid.

Klarissa, bang:

Wenn es hier nur nicht so duster wär.

Kurt macht weit die Tür zur Küche auf.

So. Da kannst du sogar das Wetter sehn.

Mir ist luftlos, Kutte.

Da geht er hin, öffnet das Küchenfenster, ohne Grete Wunsch um Erlaubnis zu fragen. Die sitzt am Küchentisch mit Stopfzeug. Witternd hebt sie den Kopf. Kurt antwortet auf ihre stumme Frage mit einem Schulterzucken.

Es geht los.

Die Wunschen schiebt ihre Zunge zwischen den Lippen hervor, zieht sie sogleich zurück.

Ah.

Sie wirft das Stopfzeug zusammen, fuhrwerkt mit ihrem lahmen Bein in der Wohnung herum, packt dies, greift jenes, ist im Handumdrehen reisefertig. Zuletzt wird das Huhn in einen Henkelkorb gehoben und mit einem Handtuch abgedeckt.

So.

Kurt kann diese Flucht nicht begreifen. Er wäre dankbar,

wenn Grete Wunsch in der Wohnung bliebe. Muss sie
wirklich fort?

Sie schaut ihn an mit undeutbarem Blick.

Ich hasse Hebammen auf den Tod.

In der Küche auf dem Herd brodelt Wasser. Tücher liegen bereit. Auf dem Fußboden offenmäulig die behäbige
Hebammentasche, die voller Gerät und Tücke steckt.

Klarissa auf ihrem Kammerbett in der Hölle. Ihre besin-
nungslosen Schreie prallen an den engen Wänden ab,
schlagen ihr um die Ohren, schneiden ins Fleisch. Und
während sie aufgerissen wird vom Bauch bis zu den
Schenkeln hinab, muss sie sich noch wehren gegen den
Geruch dieser Frau, die sich über sie beugt. Die Hebamme dunstet schwülen Fäulnisgeruch aus, der ihr aus
dem Munde strömt. Trotzdem muss Klarissa sich an sie
klammern, an das Einzige, das bei ihr ist. Gefoltert presst
die Gebärende das Schreckliche, das Unsagbare aus sich
heraus. Missetat, die sich grausam an ihr rächt.

Plötzlich Friede. Mitten in einem Schrei die Erlösung. Wie
erstaunt bricht der Klagelaut ab.

Etwas verändert sich im Raum. Der Schirm der herbeige-
holten Stehlampe schwingt, als werde ein Kopf geschüt-

telt. Noch ist Klarissa zu betäubt vom Schmerz, um die Ursache wahrnehmen zu können. Es ist ein Erschrecken im Raum, das mit ihr zu tun hat. Und es geht von der Hebamme aus, die unwillkürlich beim Anblick des Kindes gegen die Stehlampe getaumelt ist. Still, still davon. Das wird sie richten. Sie ist gut, sie hat eine Ehre zu verteidigen. Und sie braucht keinen Arzt zu Hilfe zu rufen.

Dem Neugeborenen sind die Hände gefesselt. Zwei Fingerkuppen sind angewachsen auf der winzigen Brust.

Nachdem die Hebamme das kleine Mädchen mit dem Nötigsten versorgt hat, liegt es samt sauberen Tüchern auf dem Küchentisch. Jetzt schaut sie näher, prüft den Schaden. Es ist ein Fingerchen von jeder Hand. So winzig, so weich, da weiß sie Rat. Und obwohl der Frau Angstschweiß auf die Stirn tritt, handelt sie ohne Zögern. Sie umwickelt beide Finger dicht am Oberkörper des Kindes mit Zwirn. Sie zurrt fest, will das abschnüren, lösen. Sie hat das mit unzähligen Nabelschnüren gemacht. Ähnlich. Sie kennt sich doch aus? Sie ist aufgeregt, ihre Griffe werden fahrig. Und nun sieht sie, dass sie sich vertan hat: Sie hat zu kurz geschnürt. Jedem der versehrten Finger fehlt durch ihren Eingriff das letzte Glied. Was ein Arzt sauber hätte trennen können, das hat sie verdorben.

Klarissa atmet den Angstschweiß der Frau. Ist etwas? Sie ruft schwach nach der Hebamme. Die kommt herein, lacht, gibt sich breit und wohl, hält das Kind im Arm.

So ein niedliches Mädchen haben Sie da, Fräulein Erlenbach. Das mit den Händen verwächst sich.

Klarissa, wach jetzt vor Ahnung:

Was. Was denn?

Und die Hebamme zeigt ihr das Kind. So winzig alles, dass Klarissa im ersten Anschauen nichts sieht.

Die Fingerchen. Das hat die Nabelschnur in Ihrem Leib abgetrennt. Waren Sie auch vorsichtig genug, während Sie das Kind trugen?

Ist ganz obenauf, diese Handlangerin. Schiebt der bedrängten Mutter Schuld in die Schuhe.

Und Klarissa, erschöpft und verzweifelt, weint trostlos ins Kissen.

Natürlich denkt sie an alles: Treppensturz und feuerheißer Sud.

Das verwächst sich, lügt abgebrüht diese Frau.

Und Heidrun ist ein Sonntagskind geworden.

Was Klarissa nicht zu hoffen gewagt hatte: Paul Erlenbach, Großvater mit einem Male, zeigte sich versöhnt.

Kurt hatte ihm die Nachricht gebracht. Seine Alten saßen noch beim Frühstück am Küchentisch, als er aus dem Nachbarhaus von der Schwester kam. Beide schauten ihn an, als ahnten sie etwas. Bevor er sprach, lockerte Kurt seine Haarwelle mit gespreizten Fingern. Räusperte sich.

Sie hat ein Mädchen, die Klarissa.

Idas Blick flog ihrem Mann ins Gesicht. Sie zog das Kinn ein und sah aus, als luge sie über eine Hecke. Der Familienfels Paul strich sein Messer am Tellerrand ab, betrachtete schwerblütig den Margarinerest.

So, sagte er und blickte auf.

Was ging ihm durch den Sinn, dass um seine vollen Lippen ein Lächeln aufzog? Schaute er durch den Sohn Kurt hindurch, sah hinter ihm neue Generationen stehen, aus seinem Blut hervorgegangen? Da war ein Kind geboren worden, das ihm unweigerlich anhing. Auch von ihm stammte es ab. Und das stimmte ihn mild und einsichtig.

So?, wiederholte er und zog die Brauen in die Stirn hinauf.

Ida Erlenbach trat gleichsam hinter ihrer Beobachterhecke hervor. Gierig nach Näherem blickte sie auf Kurt. Doch des Friedens noch nicht sicher, legte sie ihrem Mann eine Hand auf die geballte Faust.

Da sind wir Großeltern geworden, Paul.

Wie gut er sein konnte, dieser Mann. Behäbig um Hüften und Hals.

Das will ich meinen, sagte er und schob seinen Stuhl zurück.

Während er sich erhob, zwinkerte Kurt seiner Mutter zu, ratsuchend. Er hatte ja nicht alles gesagt.

Das Kind, sagte er, Hände … ein Geburtsfehler.

Paul Erlenbach stutzte, wischte das weg.

Hände sind kein Geburtsfehler, will ich meinen.

Kurt führte sie zum Nachbarhaus, als sei es eine Wanderung. Als kennten beide den Weg nicht. Und sie hatten auch etwas übergeworfen, als herrsche an diesem Septembersonntag nicht durchaus noch Sommerwetter. Ida ein Tuch, Paul sein Jackett. Er hätte gut in Hemdsärmeln vor die Tür treten können.

Wie durch ein Wunder war auch Grete Wunsch schon zurückgekommen. Welche Witterung hatte ihr signalisiert, dass die Luft rein sei? Sie war da, und das Huhn Erna stakste durch die Küche. Sie öffnete die Wohnungstür für die Erlenbachs, und sie flüsterte:

So eine Süße, Süße! Das müssen Sie sehn.

Die Kammertür stand zur Küche hin offen. Klarissa lag wach in ihrem Kissen, das Kind war neben sie auf das Lager gebettet. Sie hielt es nicht im Arm, war nicht so ganz bei ihm. Es schrie so abscheulich. Und dabei fuchtelte, tremolierte es mit den winzigen Händen, denen zwei Fingerglieder fehlten. War es nicht ein Verworfenes? Klarissa jedenfalls war die Milch in den Brüsten versiegt. Sie konnte dieses Kind nicht stillen.

Schüchtern lächelt Klarissa dem Vater zu. Dass er gekommen ist, füllt die ganze Kammer aus. Hinter ihm drängen Kurt und die Mutter herein, doch Klarissa sieht jetzt nur ihn.

Paul Erlenbach beugt sich über das Bett, betrachtet eingehend das Kind. Als er dem Schreihals mit einem Finger über die Wange streicht, schweigt das Kind unvermittelt. Als habe Trost es berührt.

Na, Enkeltochter. Wie willst du denn heißen?

Klarissa atmet erleichtert aus.

Heidrun, Pappa. Das passt zu Erlenbach.

Paul hat scharf hingesehen. Kein Wort über die verstümmelten Hände.

Heidrun?, wiederholt er in fragendem Tonfall. Heidrun?

Warum nicht, kleene Rune.

Und im Weggehen sagt er zu Klarissa:

Du kommst nach Hause mit dem Kind, sobald du kannst.

Ging davon, der schwerblütige Mann, dachte sich sein Teil. Dieses Kind würde es nicht leicht im Leben haben. Unehelich. Und mit solchen Händen.

Nachdem das Besuchergrüppchen die Wohnung verlassen hatte, kümmerte sich die rote Grete um Klarissa.

Ich mach Ihnen was zur Kräftigung.

Sie hinkte durch ihre Kräuterküche, setzte ein Wassertöpfchen aufs Gas. Mit spitzen Fingern griff sie Teeblätter aus einem Beutelchen, streute sie in eine Tasse. Zutraulich beobachtete das Huhn, was die Menschin tat. Ab und an schlenkerte es seinen Kamm und sagte gook.

Ja, Erna, antwortete dann die Wunschen, gewiss doch.

Würziger Duft von Pilzen erfüllte den Raum, die Grete Wunsch von ihrer seltsamen Fluchtreise heimgebracht hatte.

Als sie mit dem frisch aufgebrühten Trank in die Kammer trat, war Klarissa eingeschlafen. Behutsam setzte Grete Wunsch die Teetasse auf dem Tischchen neben dem Bett ab. Auch das Kind schlief. Geballte Fäustchen neben dem Kopf. Die Wunschen legte eine Hand auf das Muttermal in ihrem Gesicht, blickte nachdenklich auf das Kind nieder. Sie schüttelte sacht den Kopf, verwundert über diesen Schlaf. Ihr roter Lockenschopf knisterte. Wieso gab das hungrige Baby Ruhe? Ahnte es, dass sie eine Amme bestellt hatte? Traudel musste bald hier sein. Traudel, immerfort Mutter, von einer Schwangerschaft in die nächste. Traudel hatte Milch für hundert Babys in ihren strotzenden Brüsten.

Da klopfte es schon an die Küchentür.

Ich komme, flüsterte die Wunschen.

Plötzlich flatterte das Huhn hoch, ließ sich auf dem Kopfkissen zwischen Mutter und Kind nieder. Verständig, mit schief geneigtem Kopf, guckte es die Kleine an.

Die Wunschen lächelte, dass all ihre Falten sich zusammenschoben und eine Plisseedecke aus ihrem Gesicht machten.

Kommt ein Vogel geflogen, du Süße. Ist nur ein Huhn, ist nur Erna, ein Nichts. Aber das bedeutet etwas. Wenn ein Vogel dir zufliegt, Süße, kannst du nicht ganz verloren sein. Tiere spüren das.

Und sie klemmt Erna unter den Arm, hinkt aus der Kammer zur Küchentür. Traudel wartet schon, üppige Brüste im Anschlag.

Was Heidrun mit der Muttermilch einsaugt, kommt von einer Fremden. Eine derbe Frau legt das Kind an ihre Brust und wartet mürrisch, dass die Kreatur gesättigt von ihr ablässt. Hat soviel Mitgefühl immerhin, dem Säugling den Rücken zu klopfen. Umbringen will sie den Findling nicht. Doch es ist Unlust in ihrer Milch, Überdruss, Zeitmangel. Sie muss wieder heim zu den Ihrigen, fehlt dort. Sie kann das Kind Heidrun nicht als Ganzes nehmen, das angeschaffte Baby ist nur ein Splitter in ihrem Tagwerk.

Rune spürt das. Sie nimmt nichts im Übermaß. Trinkt nicht zum Genuss, nur bis zur Grenze erster Sättigung. Rune erlebt ihre ersten Wochen zwischen zwei Unmüttern. Eine ernährt sie unwillig mit stetem Vorbehalt. Der anderen ist sie ein Gräuel im Ohr mit ihrem ständigen Weinen, so laut. Am besten wäre Heidrun mit dem Huhn gedient, mit Erna. Doch Erna hat neben ihrer Langmut nichts Gedeihliches für Rune. Ist nur da.

Eine Warmherzige tritt auf den Plan. Ida Erlenbach, die Großmutter. Sie bindet sich bunte Schürzen vor den

Bauch und beginnt, für Rune eine Kindheit zu bauen.

Die dürftige Zweiraumwohnung klebt über der Familie wie ein Schneckenhaus. Die Menschen müssen zusammenrücken. Klarissa wird mit ihrem Kind in die kleine Stube verwiesen, Kurt quartiert sich im Schlafzimmer der Eltern ein. Lebensraum ist die Küche, die zwischen beiden Zimmern klemmt. Hier wird gegessen, gekocht, gewohnt, gesprochen. Dreimal am Tag kommt Traudel, fällt plump auf einen Küchenstuhl und knöpft ihre Bluse auf. Voller Argwohn beobachtet Ida, mit welcher Stumpfheit diese Amme das Kind an die Brust legt. Das kann nicht gut für die Kleine sein. Es geht ja förmlich ein Ruck durch den winzigen Körper, wenn Traudel ihn nimmt und vor sich hält.

Stuk sie nicht so, Traudel.

Was heißt stuken. Ich muss sie doch lenken.

Ida bläst empört die Backen auf.

Lenken! Das Kind ist kein Pferd, merk dir das.

Sie brabbeln ein bisschen hin und her, eine ist klüger als die andere, weiß es am besten. Schließlich trumpft Traudel auf.

Ist ja wohl sonst keiner da, der sie stillen könnte.

Ida schweigt.

Oder?

Und beleidigt fügt sie hinzu:

Ich kann auch wegbleiben, wenn euch das lieber ist.

Im nächsten Augenblick fällt eine Besonderheit aus der Ewigkeit nieder. Nur Ida Erlenbach kann sie erfassen. Das Kind lässt ab von der Brust, wendet den Kopf. Und deutlich zwinkert es der Großmutter zu. Und weil es das noch gar nicht kann, ist es um so beeindruckender.

Ida redet im Einvernehmen mit der Enkelin.

Du musst nicht gekränkt sein, Traudel. Besser, du sparst dir von jetzt an den Weg. Ich hab schon ein Fläschchen und Nuckel besorgt.

Traudel befördert das Kind auf den Küchentisch, es liegt dort wie ein verschnürtes Brot. Gekränkt knöpft sie ihre Bluse zu. Abschätzig sagt sie:

Ist eh nicht viel dran an der Murmel. Und die Hände: So was kommt doch nicht von allein, da hat wohl Klarissa ... Na, ich denk mir mein Teil.

Idas Blick flammt sie an.

Du denk dir dein Teil. Und halt die Klappe.

Langmütige Herbsttage, und Ida schaukelt das Kind in ihren Armen. Tagsüber sind die beiden allein.

Klarissa muss Fremdfrauen Korsetts anpassen, Paul schuftet in der Fabrik an Vorkriegswerkzeug; denn Werkzeugmacher hat er ja gelernt. Kurt zurrt zur Nacht ein Haarnetz über seinem Kopf zusammen. Tags steigt er in seinen Chauffeursanzug, hält sich für Fahrten bereit, und gibt mit geübten Fingern acht, dass die Haarwelle über seiner Stirn in Form bleibt.

Ida und das Kind. In der Großstadt können sie es nicht hören. Eine Ahnung davon weht dennoch zum Fenster herein: Irgendwo klatschen buttergelbe Birnen zu Boden. Wein liegt geschnitten in Körben. Und der Mond kollert morgens in Wiesen, bevor der Tag graut. Regen wispert mit schmalen Lippen vom Segen der Erde, die nun zur Ruhe gehen will. Zur Ruhe, zur eigenen Krume zurück, zum Herbstschlaf. Da steigen still noch einmal Farben auf, ocker, sattbraun, astermatt. Letzte Pflaumen tropfen von den Bäumen, klopfen der Erde ans Herz. Hörst du? Willst du uns? Und in Idas Kopf, der wenig mehr als das Alphabet gelernt hat, vollzieht sich eine Bewegung. Die Zeit verschiebt sich nach Nord, wo es Mitternachtssonne geben soll. Und sie verschiebt sich nach Süd, wohin die Schwalben fliegen, so wiegt sie das Kind. Nord, Süd, lalalu.

Gönnt Klarissa den beiden ihr melancholisches Glück? Sie muss. Sie hat nichts in die Waagschale zu werfen.

Nur abends ist sie zu Haus. Versucht, spaßhaft ihr Kind an sich zu locken. Verzieht das Gesicht, schneidet Grimassen, blickt finster. Rune schreckt zurück, fürchtet sich. Nimmt weinend Zuflucht bei der Großmutter.

Da reicht es, reicht's!

Klarissa schlägt mit der flachen Hand auf den Tisch.

Ist das mein Kind oder nicht! Gib sie rüber, Mamma. Der wird ich's zeigen.

Und Ida muss sie hergeben aus ihrem bergenden Gefieder, und Klarissa fasst hart zu. Sie schüttelt Rune wie einen Würfelbecher. Aber da ist Rune schon älter, kein Wickelkind mehr. Da hat sie schon ein wenig laufen gelernt, wenigstens krabbeln. Da guckt sie schon bang, nicht mehr unwissend.

Hast du Mutti lieb?

Klarissa beugt sich zum Hündchen, das auf dem Fußboden hockt.

Heidrun?

Rune macht bäh–bäh. Und mehr versteht sie von der Nötigung nicht.

Und die Mutter lügt ihr das Blaue vom Himmel herab, als Rune in den Kindergarten kommt.

Spiel und Tändelei sollen auf sie warten, ein kleines Paradies.

Rune strandet bei Nonnen. Sie tragen Flügelhauben auf den Köpfen – darunter soll kein Haar mehr wachsen – und sie tragen die Hände zu Dächern gefaltet, weil sie fromm sind und beten: Im Namen des Vaters. Und sie hämmern sich mit ihren hart gewordenen Händen Kreuze auf die Brust: Und des Sohnes. Und des Heiligen Geistes. Rune schaut zu diesen Bräuten auf, die alle mit Jesus verlobt sind, dem himmlischen Bräutigam. Und sie will nur eines: Niemals so eine glatzköpfige Jesusfrau werden; denn alle bringen ihr das Fürchten bei, indem sie unbedingten Gehorsam fordern und sie den langen Tag über von der Großmutter trennen.

Da sind die anderen Kinder. Zum ersten Mal ist Rune einer derart geballten Ladung von Anderssein ausgesetzt. Die fremden Augenpaare tasten sie ab, flitzen über sie hin in ungezügelter Neugier. Und entdecken rasch ihren Makel. Ih, die da. Habt ihr die Hände gesehen?

Rune legt verwirrt ihre Hände hinter dem Rücken zusammen. Sie spürt sofort, dass sie schlechter ist als alle, denen zwei Finger länger gewachsen sind als ihr.

Zu Hause fragt sie vorwurfsvoll die Mutter.

Warum? Warum ist das so bei mir?

Die Nabelschnur. Die Nabelschnur hat sich drumgewickelt vor deiner Geburt. Es wurde abgeschnürt.

Es. Sie wagt nicht einmal von Fingern zu sprechen, diese Mutter.

Wenigstens kann nun Rune im Kindergarten demütig Auskunft geben. Sie schlägt die Augen nieder, übt früh ein lebenslang zu singendes Lied:

Das ist von der Nabelschnur abgeschnürt worden.

Die Kinder schauen sie an mit Vogelblicken.

Was ist denn eine Nabelschnur?

Verzagt und wütend zugleich entgegnet Rune:

Das ist vor der Geburt, ihr Blöden.

Großmutter ist die mächtigste Frau der Welt. Wenn Rune tränenblind auf sie zutaumelt, das Gesicht an ihre Schürze presst, schließt Großmutter sie mit ihren Armen von allem Kummer fort. Ein Königstor, vor dem die Schmerzen ausgesperrt bleiben.

Rune reibt ihre Nase am geblümten Stoff, und schon weht Trost sie an. Sie rubbelt Gerüche aus Großmutters

Schürze, die sie sanft umgeben. Da ist Frühlingserde, aus der erstes Grün sprießt. Da duftet es nach Kuckucksrufen, die Rune aus einem Lied kennt. Und groß und weit sind Pilzgeruch und Wald da, sie müssen nie ein Ende nehmen. Auch nach Suppe riecht es, nach frischem Brot. Und nach dem seltsamen Wort Prinzesskartoffeln.

Großmutter setzt sich, zieht Rune auf den Schoß.

Mauseken. Mein Mauseken.

Darüber ist es Abend geworden. Vor der Wohnungstür poltert es. Das kündigt den Großvater an, er ist nach Fabrikschluss ausgeblieben. Hat in einer Kneipe gesessen. Jetzt klopft er mit schwerer Faust gegen die Tür.

Dschomm, dschomm.

Rune rutscht vom Schoß, Ida Erlenbach wird zur verdrossenen Hausmutter, die auf dem Herd Großvaters Essen hütet. Lange hat sie es warm halten müssen.

Schief läuft er ein, der behäbige Mann, zielt auf einen Stuhl, lässt sich fallen. Rune sieht, dass seine Augen wie unter Glas sind. Der langsame Blick des Großvaters ist noch schwerfälliger geworden. Seine vollroten Lippen gleichen einem Schwamm. Gebannt schaut Rune zu, wie er den Suppenlöffel an den Mund führt, ihn im Spalt des Schwammtiers verschwinden lässt. Der Großvater merkt, dass er beobachtet wird. Blickt trunken auf das Kind, langt nach ihm, zieht es zu sich. Führt ihm mit unsicherer Hand einen Löffel voll an den Mund.

Koste, Marjellchen.

Rune presst fest die Lippen ein, schiebt den Bauch vor, macht sich frei.

Auch gut.

Er lässt sie in Ruhe.

Doch bevor er kam, war es schöner in der Küche. Heimischer.

Sonntags ist der Großvater zum Festhalten und zum Feiern da.

Schon früh steht er in der Küche vor dem dreibeinigen Waschständer, wirft sich schaufelnd Wasser ins Gesicht. Ein Seemann, der sich von oben bis unten mit Wellen überschwemmt. Wie er es nennt: Von Hacke bis Nacke.

Rune sitzt am Küchentisch, sieht der großen Säuberung zu. Den Popo hat der Großvater mit einer Turnhose verhängt. Runes Blick erfährt nichts Männliches.

Er schnauft wie im Zoo hinter Gittern. Rune gefällt, dass der Großvater sich im Wasser Gerüche abspült. Denn später, wenn er sie an seiner Großhand führt, ist ihm nichts Übernächtiges anzuriechen. Er tritt ihr klar wie ein Fluss vor die Nase.

Der Großvater führt Rune in den Wald. Dort klopfen Spechte den Bäumen die Borke ab. Wollen prüfen, ob sie gesund sind. Baumärzte. Es wachsen seltsame Pflanzen. Sie warten darauf, dass man sie sanft mit den Fingern reibt. Dann zucken ihre Hütchen zusammen, ringeln sich zu Spiralen und spritzen rings ihre Samen in den Wald. Damit der Wald wächst und wächst und dichter wird für Eichhörnchen und anderes Getier.

Einmal, im Wald, wird der Großvater plötzlich merkwürdig still. Es ist ein nebelverhangener Morgen. Silbernes Licht tanzt um die Bäume. Ein dunkler Baumstamm rundet sich vor ihren Blicken, sanftmütig und aus aller Ordnung herausgewachsen. Er macht Musik. Rune kann ihn umarmen. Sie hört ihn tief und benommen in ihren Armen summen, und Großvater scheint es auch zu hören. Er legt einen Finger über die Lippen und sagt ein fremdes Wort, das er als Schuljunge gehört hat.

Er ist wie eine Gambe.

Gambe?

Rune merkt sich das Dunkelwort, warm und schön, das

singen kann.

Wenn der Waldgang zu Ende ist und Rune vom Großvater gelernt hat, dass das weiche Moos Wasser halten muss, wartet die Kneipe. Großvater hat ein munteres Wort dafür: Frühschoppen. Das bedeutet für Rune, dass er Frühling trinkt.

Sie bekommt ein Glas gereicht, das sie mit gierigen Händen umfängt. Kinderpunsch, rot, halbfeurig, mit Wein darin.

Rune trinkt in tiefen Zügen. Die Lust auf der Zunge reizt sie zum Lachen, und ihre Hände um den Glaskelch sind wie verheimlicht. Hier in der Kneipe fragt kein Mensch danach, warum zwei halbe Finger fehlen.

In der Nachbarwohnung haust ein altes, dickes Weib, das noch alle Zähne hat und Knoblauchkuren macht. Die Jauern. Ihre Kuren besitzen gewaltige Kraft: Der Knoblauchgeruch dringt durch die Wand, und Rune riecht von ihrem Bett aus die strenge Gesundheit der Alten. Sie ekelt sich vor der schwammigen Frau, der ein grauer Haarballen im Nacken sitzt.

Wenn die Jauern Rune im Treppenhaus erwischt, grapscht sie mit feisten Fingern nach dem Kind. Zieht es an sich, hebt es vor die volle Brust und küsst es. Rune ist zu schüchtern, sich zu wehren. Erwachsenen muss jedes Kind gehorchen. Und sie erst recht mit ihren Händen.

Als Rune wieder auf dem Boden steht, reibt sie die geküsste Wange so gründlich sauber, dass sie brennt. Sie blickt an der runden Frau auf wie an einer Litfasssäule. Sie liest einen breitgezogenen Mund ab, talgweiße Haut, eine unpassend kleine Stupsnase. Sie sagt leise, damit es keine Frechheit wird:

Du sollst mich nicht küssen, du altes Weib.

Die Jauern ist nicht nur fett und schlechtriechend. Sie hat auch ein Herz.

Einmal lässt sie Rune in ihre Wohnung schlüpfen und zum Fenster hinausschauen. Sie hilft ihr, auf einen Stuhl zu klettern. Rune staunt mit offenem Mund den Fluss an, den sie von Erlenbachs Fenstern aus nicht sieht.

Das ist die Spree.

Der Name hängt sich Rune ins Ohr, sie vergleicht ihn mit dem grauen Wasser und dem Nebelschleier, der darüber hängt. Langsam schiebt ein Kahn vorbei. An seinen Backen hat er Lampen baumeln. Sie brennen, obwohl es Tag ist. Ein langgezogenes Tuten fährt im Kielwasser mit.

Die Spree?

Ja.

Rune will es sich merken.

Die Jauern holt Runes schweifenden Blick zurück, indem sie kurz an die Scheibe pocht und hinab auf den Bürgersteig deutet.

Dein kleiner Freund.

Tatsächlich. Manfred von einer Straßenecke weiter hubbelt mit seinem Holzroller vorüber. Er blickt über die Schulter zurück, kann gar nicht sehen, wohin er fährt. Scheint ganz in eine Erscheinung vertieft, die ihn fesselt.

Rune sieht, dass es nur die Wunschen ist. Grete Wunsch von nebenan. Sie führt ihr Huhn an der Leine. Es sieht aus, als knicke bei jedem ihrer Hinkschritte auch das Huhn ein wenig ein.

Um die Köpfe herum gleichen die beiden einander auch. Roter Hühnerkamm, roter Lockenschopf.

Ob Erna Eier legen kann?

Manfred sieht im Sommer aus wie Indianerglück.

Er hat nur eine Turnhose an, und seine gebräunte Haut schimmert in rötlichem Goldton. In die Stirn hängt ihm glattes, schwarzes Haar. Es glänzt so aus sich selbst, als ob

Manfred niemals weinen müsste. Ihn begehren Runes Wünsche. Ihn möchte sie umschlingen und küssen.

Sie sind zusammen im Kindergarten bei den katholischen Schwestern.

Manfred hat süße Augen. Schokoladenkugeln. Und Wimpern wie Harmonikaspiel. Wenn Rune ihn anstarrt, runzelt sie vor Anstrengung die Stirn. Dass ihr nur ja kein Krümelchen Manfred verloren gehe.

Er betet am schönsten von allen Kindern. Er senkt nicht den Kopf, sondern er legt ihn in den Nacken und schaut zum Kreuz auf. Mit der Inbrunst einer Flamme steht er da und glaubt.

Rune übt es zu Haus vor dem Spiegel. Sie sehnt sich, ihm ähnlich zu sein. Es gelingt ihr schon deshalb nicht, weil ihre Hände kein frommes Dach falten können. Zwei Dachziegel fehlen, da kann Regen herein.

Sie greift sich ihn während der Nudelsuppe.

Die Kinder haben ihre Näpfchen vor sich stehen auf den niederen Tischen. Sie gründeln mit Blechlöffeln in dem sämigen Brei. Rosa und süß, zum Spucken. Rune sieht deutlich, wie Manfred sich ekelt.

Da schlägt sie ihm einfach den Löffel aus der Hand. Der kaboltert zu Boden, zieht Spuren über das Linoleum. Feucht, als sei eine Schnecke gekrochen. Und im Dreiklang: hopp, hopp, hopp.

Manfred schaut Rune an, er ist sprachlos, mit nassen Lippen sitzt er vor ihr. Da tut Rune ihren Mund drauf, legt diese Lippen trocken, leckt sie ab. Hält seinen Kopf fest; denn Manfred will vielleicht entkommen. Rune zwingt ihn mit ihrem Geküss, und sie hat wieder die streng gerunzelte Stirn.

Glaub ja nicht, dass ich dich lasse. Glaub ja nicht, wie süß du mir bist.

Im Hof hockt Rune neben der trocken gelegten Pumpe und wartet auf Wasser. Sie hat sich die Hände moddrig gemacht an Eierpampe; Hofsand mit Spucke verrührt. Sie greift nach dem Pumpenschwengel, fährt ihn auf und ab. Doch die Pumpe sagt nur ein leeres, unentschlossenes Pfft.

Da fällt Rune etwas ein. Sie wischt den gröbsten Matsch an ihren Schuhsohlen ab. Danach Feinwisch am Spielanzug. Und sie trabt los, ohne jemanden zu fragen, Wild-

wuchs, der sie ist. Sich selbst überlassen. Fällt in zielge-
richteten Trott, der Dreck an den Händen ist ein Nichts.
Rennt, atemlos, schließlich zu ihm.

Auch Manfred hat einen Hof am Haus, in dem sommers
die Sonne brodelt und das Wasser im Badezuber aufheizt.
Manfreds Mutter stellt ihm die Zinkwanne hin, gefüllt mit
Weltmeeren. Und Manfred darf eintauchen wie ein Zigeunerprinz, der auf ungesatteltem Pferd geritten kam.
Manfred hat diese Mutter. Rune hat sie wiedererkannt,
nachdem sie im Wald den summenden, hüfthohen Baum-
stumpf umarmt hatte, den der Großvater neben dem
Bombentrichter fand. Und er hat ihn beim Namen ge-
nannt: Eine Gambe, die tief tönt. Sanftes Baumholz, in
das Ornamente geschnitzt sind. Trauben, Mondaugen,
Gärten: Das alles fängt sie auf in ihrem dunklen Zopf
und trägt es auf dem Rücken wie in einer Wiege.
Manfreds Mutter. Singt gar dazu. Kein Schlaflied, es ist
nur ein Gassenhauer. Doch unvergleichlich berückender
als Runes Mutter singt. Und Rune kaut an ihrer Unterlippe. Woher kommt dieser Unterschied? Warum ist Manfreds Mutter nicht die ihre?
Die Gambe mit dem dunklen Zopf bringt den Kindern

Limonade. Die ist wie Zuhaus, aus Essig, Zucker und Wasser. Dennoch schmeckt sie anders, gleichsam größer. Durch Runes Kehle strömt ein Freudenrinnsal, macht sie inwendig hell.

In Manfreds Ritterherz wohnt Großmut. Er steigt aus der Wanne, nass bis in die Haarspitzen und bietet Rune sein Meer an.

Jetzt kannst du.

Rune löst die Bänder des Lätzchens, streift ihren Spielanzug ab, unter dem sie nichts als Haut trägt. Manfred betrachtet sie genau. Dass Mädchen anders aussehen, weiß er längst, er hat eine kleine Schwester. Und seine Gambe mit dem dunklen Zopf hat es ihm erklärt. Doch bei Rune erblickt er zwischen den Brustwarzen eine merkwürdige Stelle. Sie ähnelt einer Naht, einer verwachsenen Narbe. Rune steht vor ihm wie Dreiäuglein, mit einem überzähligen Brustknöpfchen in der Mitte.

Er flüstert, will es nicht laut fragen, vielleicht ist es Runes Geheimnis.

Hast du drei?

Sie vergisst es immer, weil es unsichtbar ist unter den Hemdchen und Kleidern. Es gehört anders zu ihr als die

Hände, die jedermann sofort ins Auge fallen. Für dieses Zeichen schämt sie sich nicht. Die Großmutter hat ihr beigebracht, dass es eine Gottesgabe sei.

Sie antwortet, ohne verlegen zu werden.

Das ist die Seele.

Manfred legt das Kinn auf die Brust, blickt an sich hinab. Nichts. Nur seine beiden Brustknöpfchen. Und die kleine Schwester hat es nicht und seine Gambe mit dem dunklen Zopf hat es nicht. Kein Mensch, den er nackt erblickte, hat es.

Nur Rune hat eine Seele.

Und noch etwas hat sie. Rune hat ihre Freundschaft mit dem Wind. Er leckt an ihrem Mund. Er zupft ihr am Haar, kitzelt Arme und Beine. Sie lacht, sie lacht, weil er auch so wunderbar schmeckt. Düfte legt er ihr aufs Gesicht, die sind wie Blumen.

Wind, Wind!

Rune greift nach ihm, schließt fest die Fäuste. Gefangen. Sie drückt beide Fäuste gegen die Ohren. Da hört sie ihn rauschen, hört ihn raunen. Er zirpt wie eine Sommergrille. Und beglückt gibt sie ihn frei, wirft ihn hoch in die Luft. Weiß ja, dass sie ihn wieder einfangen kann, wenn sie will.

Noch bevor sie eingeschult wird, will Rune eine Dame sein.

Heimlich, wenn sie allein in der Wohnung ist, stellt sie sich vor den geöffneten Kleiderschrank und sucht ihren Putz zusammen. Sie muss einen Stuhl heranrücken, um zum Hutfach hinaufgelangen zu können. Da gibt es eine weinrote Filzkappe mit einem Stück Schleier daran, schwarz und starr. Die angelt sich Rune, stülpt sie auf den Kopf. Sie schlingt ein Halstuch der Mutter um die Schultern, spürt, wie vornehm sie wird. Klettert hinab, fischt vom Schrankboden lederne Pumps. Im Blatt der Absatzschuhe prunkt ein Lochmuster, unregelmäßig wie Sommersprossen. Rune steigt ein in die Kähne, schlurrt unsicher durch die Stube. So also fühlt sich Dame an. Rune ahnt, dass es noch großartiger sein wird, später einmal. Wenn ihr die richtigen Damenfüße gewachsen sind.

Und sie hofft, dass die fehlenden Finger erwachsen werden.

Dame Heidrun Erlenbach.

Auf dem Markt an Großmutters Hand, ohne Kappe und Umschlagtuch der Mutter, auf eigenen Kleinfüßen. Sie zieht andächtig die Bahnen mit, die Ida Erlenbach einschlägt.

So viele Stände. Plattentische mit unglaublichen Auslagen, sogar Fische mit gebrochenen Augen liegen da. Das alles soll man kaufen können.

Großmutter nicht. Sie hebt ihr Geld auf für einen Luftballon, den sie Rune schenkt. Er hüpft in der Luft über ihren Kopf hinaus, und Rune merkt ihm die Himmelssehnsucht an. Sie wird ihn nicht fortlassen. Nein, du bleibst bei mir.

Sie führt ihren blauen Ballon zwischen den Ständen herum, immer neue Reihen tun sich auf.

Und plötzlich ist sie ohne Heimat. Verlaufen. Großmutters Hand hat sie verlassen.

Hastige Schritte nach da und nach dort, die Wege immer verschlungener. Und in ihrer zunehmenden Angst lässt Rune ihren Ballon los. Er steigt direkt zum Himmel auf.

Soll er ein Gebet mitnehmen: Lieber Gott, ich will nach Haus. Zur Großmutter, die mich verloren hat.

Gott ist zuverlässig. Ein Polizist beugt sich zu dem Kind, das Rotzblasen heult.

Hast du dich verlaufen?

Jaha!

Wie heißt du denn ?

Dame Rune Erlenbach.

Noch einmal nimmt Rune Verbindung zum lieben Gott auf. Bevor sie in die Schule kommt, will sie ordentliche Hände haben.

Einmal hat Gott ihren blauen Luftballon genommen und ihr dafür den Polizisten geschickt. Jetzt geht es fast ums Leben. Rune weiß, dass sie Gott etwas Größeres anbieten muss, damit er hilft. Sie opfert ihre kostbare Puppe mit Porzellankopf und Schlafaugen.

Umsichtig öffnet Rune das Küchenfenster. Gebündelte Sonnenstrahlen fallen ein, eine helle Brücke aus Licht. Diesen Weg zum Himmel wird die Puppe nehmen, Gott wird nach ihr greifen und sie hinaufziehen. Runes Herz klopft heftig, als sie sich entschließt.

Nimm, lieber Gott. Und mach, dass ich richtige Hände kriege.

Rune schließt die Augen. Streckt die Arme aus, in die Höhe zum Licht. Fest die Puppe im Griff.

Sie schluckt an einer kurzen Angst und lässt für Gott die Puppe los.

Scherben springen ihr um die Füße, ein gläsernes Augenpaar rollt, glotzt zu ihr auf, scheint schadenfroh zu lachen. Runes rascher Blick auf ihre Hände.

Nie wird sie einen Dame sein, nie.

Betrogen schaut sie zum Himmel auf. Die Lichtbündel tanzen, blenden sie. Spielen auf dem zerbrochenen Porzellan, das einmal ihrer Puppe gehört hat: zum Lächeln und zum Schönsein.

Rune bückt sich, hockt nieder neben der toten Puppe. Sie ist so verstört, dass sie zu weinen vergisst. Doch während sie beginnt, die Scherben aufzusammeln, entsteht etwas Heißes in ihrem Hals. Ihre Enttäuschung wandelt sich in Zorn.

Sie richtet sich auf, legt die Puppenkopfsplitter auf den Küchentisch, wischt ihre Hand am Kleid ab. Dann tritt sie dicht ans Fenster, mitten hinein in die Lichtbrücke zu Gott. Sie ballt die Hand zur Faust. Nun will ich dich nicht mehr. Sie klagt es Manfred, der weiterhin vor dem Gekreuzigten in Andacht betet.

Er hat mir nicht geholfen. Er hat meine Puppe kaputtgemacht.

Manfred mustert sie mit einem kühlen katholischen Blick.

Er hilft immer.

Nein.

Weil du nicht geglaubt hast. Dein Herz ist in Sünde gewesen.

Das ist gelogen, gelogen! Ich habe geglaubt wie verrückt.

Vorsichtig fragt er:

Was hast du denn gewollt von ihm?

Rune, den Tränen nahe, streckt Manfred beide Hände hin.

Er sollte mir richtige Hände geben.

Warum denn?

Weil ich eine Dame werden will.

Manfred denkt einen Augenblick darüber nach. Ihm fällt ein:

Die brauchst du nicht. Du hast doch schon die Seele zwischen den Brustknöpfchen.

In den Straßen ihres Gevierts lauern sie Hundevater auf. Sie wissen, dass es frech und gemein von ihnen ist, und vergewissernd halten Rune und Manfred einander bei den Händen. Es ist erregend, den alten Mann zu verspotten, der zwei braune Zwergspitze an Leinen hinter sich herzieht.

Hundevater, Hundevater!

Macht Theater!

Der Alte trägt sommers wie winters eine abgeschabte

Joppe, eine Schiebermütze auf dem Kopf. Er hat dunkle, blutunterlaufene Augen. Im unrasierten Gesicht schmale, stets feuchte Lippen, die sein Kinn wässrig machen.

Hundevater!

Oh, und wie reizbar er ist. Aus den Augenwinkeln hat er die Kinder schon wahrgenommen, gewärtig ihrer hämischen Worte. Doch sobald Hundevater den Schmähruf vernimmt, funkelt der ganze Alte vor Zorn und geht in Flammen auf. Er reißt den freien Arm in die Höhe, schüttelt seine schmutzige Faust. Er dreht sich um sich selbst, zerrt die Hunde im Kreise mit. Sein Zorn überträgt sich auf die Hunde, in spitzem Gekläff reißen sie die Schnauzen auf, heiser in den schnürenden Halsbändern.

Entzückt und erschreckt zugleich sehen die Kinder diesem Schauspiel zu. Es ist unvergleichlich komisch, aber auch angstmachend. Der Atem geht rascher. Und sie müssen es bis auf den Siedepunkt treiben; denn noch kann es gefährlicher werden.

Hundevater, Hundevater!

Scheißtheater!

Und wie es wirkt. Dem Mann tritt Schaum auf die Lippen, und in Sprüngen setzt er den Kindern nach. Rune und Manfred fliehen kreischend, diesmal noch müssen sie ihm entkommen. Denn wenn er sie erwischt und schlachtet, hat aller Spottspaß für immer ein Ende.

Hundevater verwickelt sich in den Leinen.

Die bösen Kinder erwischt er nie.

Einmal sehen sie, dass einem der Spitze ein Bandwurm aus dem After hängt und auf der Straße nachschleift. Der Spottvers erstirbt ihnen im Hals.

Hundevater setzt einen Fuß auf die unappetitliche weiße Strippe, reißt sie auf diese Weise los. Und das Wurmende bleibt einfach liegen.

Rune und Manfred blicken dem Alten entsetzt hinterdrein. Als er verschwunden ist, nähern sie sich vorsichtig dem Widerlichen auf dem Bürgersteig.

Ich will das nicht sehen, sagt Rune und schaut gebannt, ich muss kotzen.

Manfred guckt genau hin. Es gruselt ihn, doch er spricht es trotzdem aus.

Der füttert seine Hunde mit Toten.

Später, als beide schon in die Schule gehen und lesen können, streicht Hundevater noch immer durch die Straßen. Aber Rune und Manfred spotten ihm nicht mehr nach.

Das hat irgendwie aufgehört, ganz plötzlich. Jetzt will Manfred der Sache mit dem Hundefutter auf den Grund gehen.

Weißt du noch, Rune? Ich will zu gern in Hundevaters Bude gucken.

Rune schaudert.

Der lässt uns nicht rein.

Manfred kaut an seiner Unterlippe.

Doch. Wir bringen ihm Knochen für seine Köter.

Wie Eintrittskarten trägt jedes der beiden Kinder ein Zeitungspäckchen im Arm, das Knochen enthält. Sie müssen eine ausgetretene Kellertreppe hinabsteigen, Hundevater wohnt unter der Erde. Bevor sie anklopfen, verlässt Rune der Mut.

Wenn er uns nun – einfängt?

Manfred denkt praktisch.

Wo wir nun schon die Knochen gesammelt haben. Außerdem ist er zu alt, der kann nicht mehr mit dem Hackebeil.

Die Tür geht von allein nach innen auf, ihr Wispern muss die Kinder verraten haben. Starr vor Schreck stehen sie Hundevater gegenüber.

So haben sie ihn noch nicht gesehen: ohne Joppe und

Mütze. Er trägt eine fleckige Strickjacke, auf dem nackten Schädel sitzt ein grauer Haarkranz. Seine nassen Lippen verziehen sich zu einem Lächeln.

Besuch?

Wir bringen Knochen.

Ja, für Ihre Hunde.

Schüchterne Stimmen, ausgestreckte Hände.

Hereinspaziert.

Er öffnet vollends die Tür, Rune und Manfred treten beklommen in eine dunkle, verwahrloste Küche. Hundevater nimmt ihnen die Päckchen ab.

In einem Korb in Herdnähe liegen verschlafen die Spitze und blinzeln kaum. Im Raum hängt ein Geruch von Ungeahntem. Vielleicht handelt es sich nur um Lebertran. Manfred wittert, gewarnt von diesem Signal, in alle Winkel mit hastigen Blicken. Und Rune ist nicht minder auf der Hut.

Ein Spruch hängt an der Wand, gerahmt. In großen Buchstaben geschrieben.

WER NICHT LIEBT MEINE TIERE,

DER SOLL MEIDEN MEINE TÜRE.

Ist das eine Drohung? Rune und Manfred wechseln einen raschen Blick. Sie lieben diese Hunde wahrhaftig nicht.

Als sie wieder auf der Straße sind, atmen sie auf.

Hast du Angst gehabt, Rune?

Hm. Aber Tote habe ich nicht gesehen.

Winters hängt die Großmutter Wäsche auf die Leine im Hof. Der Frost beißt sich in Hemden fest, biegt sie, als prüfe er ihre Haltbarkeit. Die Beine der langen Großvaterunterhosen knicken ein, wenn Großmutter sie abklammert und nach oben in die Küche trägt. Sie knarren wie ein Tanzwort, das in einem Lied vorkommt: Krakowiak. Spiel mir den Krakowiak.

Ebenfalls winters werden die Sterntaler unter Großmutters Lidern, die manchmal auf Rune niederfallen, seltener. Sorgen hat Ida Erlenbach immer. Im Winter sind sie zudem mit Eis gepanzert. Woher nehmen? Heizmaterial ist knapp, und immer ist es teuer, teuer, teuer. An den Fensterscheiben wachsen Frostblumen. Schnee hockt sich auf die drei Bäume im Hof. Eiche, Pappel, Kastanie. Die Kaninchen im Stall wachsen nicht von allein, brauchen Futter. Rune heult, wenn eins geschlachtet wird. Dumme Göre, schmeckt dir doch?

Rune ist abgestillt, darf kein Limonadenkind mehr sein.
Essig – Zucker – Wasser sind einzig für den Sommer da.
Jetzt soll sie Muckefuck trinken. Lauwarm.
Lustlos nippt sie, hält den Kaffeepott. Erblickt ihre Hände.

Auch das: Rune zieht den grünen Mantel aus Soldatenstoff an, nur für gut, den die Mutter ihr genäht hat. Königlich krönt ihn ein Kragen aus weißem Kaninchenfell. Sie hat rote Schleifen ins Haar geflochten, weiße Wollstrümpfe an den Beinen und flache Schuhe. Stiefelchen gibt es nicht für Nachkriegskinder, aber eine Weihnachtsfeier in Mutters Firma.

Klarissa Erlenbach hat den Beruf gewechselt. Sie sitzt jetzt in Schöneweide in einem Büro an der Rechenmaschine und nennt sich Kontoristin. Der Produktionsbetrieb ist groß, Fabrikhöfe zingelt er ein, die Arbeiter stellen Werkzeugmaschinen her. Was ist das? Rune stellt die Zunge im Mund quer, während sie den weiten Weg zu Fuß zur Weihnachtsfeier stapft, die Mutters Betrieb jedes Jahr für die Kinder seiner Angestellten gibt. Ein ganzer Saal mit Kindern gefüllt, ein turmhoher Weihnachtsbaum, geschmückt mit allen Kerzen der Erde.

Rune glüht vor Erwartung und von eigener Schönheit. Dieser Mantel mit Fell, die Schleifen in den dunklen Zöpfen und die weißbestrickten Beine machen sie unvergleichlich. Ein würdiger Aufzug für den Nachmittag eines Dezembertages. Ihre hellen Fausthandschuhe gefallen Rune besonders: Man sieht nichts. Dame Rune Erlenbach.

Nach dem Weihnachtszauber, wenn Rune wieder heim muss und Klarissa noch im Büro bleibt, trägt sie beglückt irgendein Geschenk im Arm. Runes Kopf ist von den Weihnachtsliedern gefüllt wie ein Klingelbeutel, da scheppern Melodien aneinander, glänzende Münzen, Goldstücke, die Rune Ton um Ton wiedererkennt.

Es beginnt zu dämmern. Vor Übermut muss Rune hüpfen. Die Mutter hat so hübsch ausgesehen in ihrem Sonntagskleid, mit tiefen Wellen im Haar. Und sie hat zu den anderen Erwachsenen gesagt:

Das ist meine liebe Kleine.

Dies trägt sich zu, bevor Rune eingeschult wird: Flüchtlingstrecks die Lindenstraße hinauf, unendlich, nicht versiegend.

Rune schaut aus dem Küchenfenster der Karawane zu. Menschen vor Leiterwagen gespannt, hinter hochauf bepackten Handwagen her. Gebeugt, zu Fuß, stumm. Kinder in diesem Zug, wimmelnde Zwergenflucht. Wohin gehen sie? Der ununterbrochene Menschenstrom unten auf der Fahrbahn übt einen seltsamen Sog auf Rune aus. Sie summt sich in ein Lied hinein, monotones Gleichmaß zum Tritt der Wandernden.

Die armen, armen Menschen, sagt Ida Erlenbach, die neben Rune am Fenster steht und einen bitteren Mund macht.

Doch Rune entzieht sich diesem Bedauern. Wenn Menschen in solchen Massen unterwegs sind nach irgendwo, müssen sie irgendwann ankommen. In fernen Städten. Auf dem Mond. Auf grünen Inseln. Und heimlich sehnt sie sich mit fort. Ihr Singsang wird heftiger, steigert sich zu anfeuerndem Rufen.

Schneller, schneller, schneller!

Die kleine Hand der Großmutter legt sich auf Runes Mund.

Gottverlassenes Kind. Hast du kein Herz!

Verstört blickt Rune zur Großmutter auf. Da sieht sie aus den Augen, die ihr manchmal Sterntaler zuwerfen, Tränen rinnen.

Rune wendet den Blick wieder zu den Flüchtlingen hinab, und das Bild hat sich hexenschnell gewandelt. Großmutters Tränen haben Rune die Augen gewaschen.

Die armen, armen Menschen, sagt sie leise und beginnt zu weinen.

Tage später – oder liegen nur Stunden dazwischen? – belagern sie wieder das Küchenfenster. Diesmal ist Klarissa dabei, die kühle Mutter mit den lockigen Haaren. Der Zug auf der Straße gerät ins Stocken, kommt schließlich zum Stillstand.

Die Blicke der Erlenbachfrauen halten einen Kinderwagen fest, in dem ein Baby liegt. Zu beiden Seiten des Wagens je ein Kind, das sich anklammert. Auf die Lenkstange stützt sich eine Frau in zerlumpten Kleidern, ein Tuch um den Kopf geschlungen. Sie scheint am Ende ihrer Kräfte zu sein. Ihr Oberkörper sinkt vornüber, noch hält sie sich am Wagen fest. Doch plötzlich knickt sie in den Knien ein und geht wie geschlagen zu Boden.

Erschreckt schaut Rune zu Mutter und Großmutter auf. Die Frauen wechseln einen raschen, ratlosen Blick. Doch Rune spürt, dass die beiden sich mit den Augen etwas fragen, einander etwas zurufen. Und dann sagen sie es laut.

Kurts Kellerwohnung steht leer.

Klarissa wendet vorsichtig ein:

Fremde. Wir kennen sie doch nicht.

Not kennt kein Gebot.

Und wenn Kurt aus Gefangenschaft kommt? Und die Mamsell mit den Kindern kommt zurück?

Das kann dauern. Kommt Zeit, kommt Rat. Los.

Und plötzlich haben Ida und Klarissa es eilig, als könne ihnen die Lumpenfrau mit ihrer Brut davonlaufen. Sie stürzen zur Wohnungstür, die Treppen hinab, hinaus auf die Straße. Und Rune, noch immer am Fenster und neugierig jetzt, beobachtet die hilflose Pantomime dort unten. Nachdem Mutter und Großmutter der fremden Frau auf die Füße geholfen haben, geht ein Deuten hin und her, ein Zeigen und Winken, Kopfnicken, Anfassen, Losreißen. Schließlich schleudern beide Kinder die Arme in die Höhe, um sich gleich darauf an ihre Mutter zu klammern. Und endlich, endlich wird die Menschengruppe sich einig. Klarissa schert aus, schiebt den Kinderwagen aufs Haus zu. Die Fremde folgt, auf Idas Schulter gestützt, und die Kinder tröpfeln hinterdrein.

Es sind Polen. Auf ihrer verwirrenden Flucht haben sie ein paar Bröckchen Deutsch aufgepickt. Sie reichen nicht, um sich zu verständigen. Sie reichen, einander nicht völlig misszuverstehen.

Ida Erlenbach hält der Fremden ihre zwiebelgroße Faust vor die Nase.

Nichts kaputt machen. Keine polnische Wirtschaft!

Die Fremde lächelt unsicher, kaputt gehört zu ihren deutschen Sprachteilchen.

Krieg kapuhhht, wiederholt sie und nickt einverstanden.

Sie bleiben Wochen, vier oder zehn, Rune kommt es wie ein langes Polenlager vor. Sie darf in die Kellerwohnung schauen und wundert sich, wie bunt es dort aussieht. Tücher liegen dort herum, kein Mensch errät, wo sie herkommen. Hat all das seidene Geflatter im Kinderwagen gesteckt? Die Polenfrau war mit einem einzigen Koffer gekommen.

Es ist fremd und sonderbar wie im Zirkus. Kleidungsstücke, über Stuhllehnen geworfen, hängen sprungbereit. Herumstehende Schuhe schneiden Grimassen. Und darüber hin stolpert die unverständliche Sprache wie Auftrittsmusik für einen Clown.

Rune darf das Polenbaby im Arm halten. Sie schnuppert unauffällig an dem kleinen Kopf. Das Kind riecht nach zu Hause. Es hat Menschengeruch.
Erstaunt stellt Rune fest, dass das Baby deutsch riecht.

Oben in der Erlenbach–Wohnung lauscht Rune den Stimmen der Erwachsenen. Sie gebrauchen Worte, die Rune nicht kennt. Aber sie weiß, dass die Kellerleute gemeint sind, wenn aus Großvaters volllippigem Mund das Wort Polacken platzt. Sie begreift auch, dass die Erwachsenen ratlos sind. Was hat Polacken in diesen Flüchtlingstreck verschlagen? Was haben sie da zu suchen?
Klarissa schüttelt unwissend Locken.
  Das versteh ein anderer, entgegnet sie ihrem Vater.
Nur Ida, die Großmutter mit der langen Geduld, beschwichtigt.
  Ist doch jetzt egal. Vielleicht 'ne Fremdarbeiterin. Die armen, armen Menschen alle.

Über den Polenkindern hat Rune Manfred vergessen.
Eines Nachmittags steht er im Hof, finstere Blicke unter seiner schwarzen Haartolle hervor auf die Gruppe werfend. Die drei sind so ins Spiel vertieft, dass sie ihn nicht

bemerken. Sie hocken am Boden, Stöckchen in den Händen, zeichnen verworrene Schleifen, Kreise, Wildmuster ins Erdreich. Manfred muss herantreten und Rune anstupsen, ehe sie ihn gewahrt.

Sofort fährt sie auf, lässt ihr Stöckchen fallen. Sie steht Manfred gegenüber, flammend rot, und die beiden Polenjungen blicken neugierig zu ihnen empor.

Ach, du bist es.

Wer denn sonst.

Ich dachte nur.

Und warum wirst du rot?

Rune wehrt sich mit gerunzelter Stirn. Macht sich steif.

Stimmt ja gar nicht.

Und überstürzt, um Manfred keine Gelegenheit zu einer Entgegnung zu lassen, sprudelt Rune:

Die da sind unsre Polacken.

Manfred, durch Runes Treulosigkeit gekränkt, gibt sich mit spröder Stimme hochnäsig.

So sehen sie auch aus.

Bald darauf sind sie weitergezogen. Das Polenlager im Keller ist verschwunden, fort der Hauch von Fremdheit und bunten Tüchern. Keine Clownsmusik mehr, keine

Zirkusarena. Geblieben ist graues Halblicht in der Kellerwohnung, Kühle.

Rune weint den Polen heimliche Tränen nach. Abends, wenn sie im Bett liegt. So einträchtig war es mit ihnen gewesen. Zanklos. Sprachlos wie in der Welt der Tiere. Das Brüllen hin und her war ihnen vergangen. Sie hatten zueinander mit ihren Körpern geredet. Mit Armen und Augen gesprochen. Rune drückt ihr Gesicht ins Kissen und schluchzt.

Die armen, armen Menschen.

Tagsüber sucht sie Trost bei Manfred.

Manfred begreift nicht, was sie von ihm will. Kehrt ihr böse den Rücken, noch immer eifersüchtig.

Es ist die Gambe mit dem dunklen Zopf, die Rune in den Arm nimmt und wiegt. Sie bringt Laute über die Lippen, tief tönend, sie klingen wie ein langes Schuhu im nächtlichen Wald.

Trostvogel, der die Schwingen hebt und abstreicht.

Schwere Zeiten.

Der krause Schopf der Wunschen leuchtet in gedämpfterem Rot, als sei die Farbe vom Hungern verblasst. Als trage sie Stacheldraht auf dem Kopf, wenn sie mit ihrem Huhn an der Leine durch die Straßen schleift. Mühsam zieht sie das Bein nach, es kostet sie alle Kraft voranzukommen. Und sie muss auf der Hut sein mit ihrem kostbaren Besitz. Begierige Blicke heften sich auf das Federvieh, viele Hände könnten zuschnappen, um es nach Haus in den Kochtopf zu tragen. Für unterwegs hat sich die Wunschen ein leises, beständiges Zischen angewöhnt, das Räuber und andere Halunken warnen soll.

Rune und Manfred, die wieder in ihre Liebe zurückgefunden haben, hocken einträchtig hinter dem Hofzaun. Durch ein Loch im Holz beobachten sie das Gespann von Mensch und Huhn, das auf der Straße vorüberzuckelt.

Die Wunschen sieht aus wie ein Kienspan, sagt Rune erstaunt, unten dünn und oben Feuer dran.

Ihr Huhn hinkt genau wie sie selber, entgegnet Manfred, bei jedem Schritt knickt es ein. Außerdem leuchtet die Wunschen sich heim mit ihrem roten Mal im Gesicht.

Hörst du das?, fragt Manfred.

Rune lauscht auf das Zischen.

Die macht sich Dampf, sagt Manfred, damit sie vorankommt.

Willst du mir deine Seele zeigen?

Sie sitzen in der ungeheizten guten Stube bei Manfred. Die Gambe mit dem dunklen Zopf ist unterwegs mit ihrer kleinen Kriemhild.

Rune legt schützend beide Hände vor die Brust, die Manfred sommers als Dreiäuglein sah.

Jetzt doch nicht, antwortet sie zurechtweisend, im Winter bleibt die Seele zu.

Den ganzen Winter über kriegen sie Hundevater nicht zu sehen.

Er hat doch Hunde für die Straße, fordert Rune, da muss er raus, ob er will oder nicht!

Manfred wiegt den Kopf.

Er wird sie längst gebraten haben.

Ihh!, macht Rune. Mit dem Bandwurm?

Manfred tippt ihr überlegen an die Stirn.

Mensch, der hat sich doch längst abgeseilt.

Eines Tages wird die Kellerwohnung wieder bezogen, in der die Polen ihr Lager aufgeschlagen hatten.

Frühjahrswind, lau und schwer, wälzt sich die Straße herab, in grauen Spiralen. In seinem Sog weht ein Menschentrüppchen heran, das einen Handwagen mit sich führt. Vor die Deichsel hat sich eine breithüftige Frau gespannt, die ein Turbantuch um den Kopf geschlungen trägt. Der Wagen ist mit Koffern und Packen beladen, obenauf sitzt ein kleines Mädchen. Ein blonder Junge geht gebeugt hinter dem Wagen her und schiebt. Dämmerung bricht schon herein, verwischt die Konturen der Kommenden, verleiht dem Bild auf der Straße blasse Unwirklichkeit.

Aber sie sind es. Vor dem Erlenbachhaus machen sie halt. Die Frau lässt die Wagendeichsel fallen, stellt sich breitbeinig in Positur, legt den Kopf zurück. Wie ein Droschkenkutscher legt sie zwei Finger in den Mund und pfeift. Gellend.

Ida Erlenbach erblickt die da unten auf der Straße als erste. Sie stößt einen erstaunten Schrei aus.

Mein Gott! Edith und die Kinder!

Ungläubig schaut Klarissa hinab. Lacht dann. Winkt.

Wirklich und wahrhaftig!

Hat schon den Schlüssel zur Kellerwohnung gegriffen, springt treppab. Und Rune hüpft wie eine fallengelassene Erbse hinterdrein.

Ida Erlenbach, noch immer am Fenster, blickt nur mit halber Freude auf Kurts Familie hinab. Der Krieg hat ein langes und langsames Ende.

Kurt ist noch nicht heimgekehrt.

Mamsell, wie Kurts Frau Edith sich selber nennt, ist stark wie ein Bär. In kürzester Zeit verstaut sie ihre beiden Kinder und das Wagengepäck in der Kellerwohnung. Den Handwagen zieht sie in den Hof, knallt ihn gegen eine hölzerne Stalltür.

So. Das haben wir. Soll er stehen bis er schwarz wird.

Klarissa beschwichtigt.

Was kann denn der Wagen dafür.

Sie läuft neben der Schwägerin her, umkreist die Tüchtige wie im Tanz. Klarissa trägt Absatzschuhe und Wollsocken an den Füßen. In der Wohnung von Mamsell greift sie sich den Stalltürschlüssel, der mit schmutzigem Bindfaden an einen Markknochen gebunden ist.

Ich schließ den Wagen in deinen Stall.

Mamsell gibt ihr einen kurzen Blick.

Wenn du nichts Besseres vorhast.

Rune schaut aus sicherem Abstand zu. Die Tante ist ihr fremd geworden, fremd sind ihr Cousin und Cousine.

Mamsell hat beide Kinder wie Steintöpfe auf die Fensterbank geschoben, dort sind sie aus dem Weg. Beide scheinen ein wenig zu dampfen unter ihren Deckeln; Rune wünscht sich, dass sie die Mützen abnehmen. Statt dessen starren sie wortlos zu ihr her, der Junge mit offenem Mund. Das Mädchen schnorchelt leise, unter seiner Nase brodelt eine Blase von Rotz.

Eine Stunde später ist es vollkommen dunkel vor den Fenstern.

In der Küche von Mamsell funzelt karges Licht von der Decke. Der Raum ist warm. Mamsell hat Feuer im Herd gezündet und schaufelt ein, was sie finden kann. Dabei erteilt sie sich laute Befehle.

Los, Mamsell, los doch.

Ihre starken Finger harken in der Kohlenkiste nach Kohlestücken, die im mulmigen Grus versickert sind. Schwarze Staubwölkchen steigen auf, legen sich Mamsell auf die Haut. Über ihrer Oberlippe bildet sich ein hauchdünner Bart. Sie scheint es zu spüren und wischt ihn mit dem Oberarm aus. Rune schaut groß auf den schiefen Mund der Tante. Der sieht aus, als habe er sich an kantigen Wörtern verbogen.

Die Steintöpfchen sind von der Fensterbank gerutscht und haben sich in Kinder verwandelt. Der blonde Cousin sitzt auf einem Stuhl und baumelt mit den Beinen. Das Mädchen hat mit seinem Nasenlicht zu tun und zieht geräuschvoll hoch.

Du hast schnauben gelernt, knurrt Mamsell, wird's bald? Es wird. Karin zieht ein Taschentuch hervor und rubbelt sich unter der Nase trocken.

Später artet dieser Ankunftsabend aus zu einem Fest.
Ida Erlenbach bringt von oben eine Kanne mit, die ist gefüllt mit Essiglimonade. Sie stellt sie mitten auf den Tisch, an dem Paul Erlenbach und Klarissa sitzen, an den die Kinder ihre Stühle gerückt haben.

Prost. Dass wir wieder beisammen sind.
Paul Erlenbach wendet sich behäbig nach seiner Schwiegertochter um. Er lässt seine vollen Lippen flattern.

Pffft! Bring Gläser, Edith. Schnaps wär mir lieber.
Mamsells Mund verzieht sich zu einem Lachen.

Ach, Pappa, vergiss die Sauferei. Pass mal auf, was Mamsell für euch hat.
Und legt ein ganzes Brot auf den Tisch. Ihre breite Brust

schüttert vor Vergnügen, als sie die staunenden Gesichter sieht. Kurze, verklärte Stille.

Mamsell schneidet Runksen vom Brotlaib. Hantiert mit dem Messer, dass ein Duft aufgewühlt wird von Erde und reifem Korn und Süße. Von vergangenen Tagen auch, die sie miteinander erlebten.

Ida Erlenbach seufzt wehmütig.

Wenn doch unser Kutte hier wär.

Mamsell nickt vielsagend.

Der kommt.

Die Kinder aber kauen und schlemmen und schlucken, als gehöre ihnen allein das Paradies.

Klarissa Erlenbach betrachtet verstohlen Mamsell. Verbirgt sich unter dem modischen Turbantuch Unerwünschtes?

Hast du Läuse?

Mamsell grient und winkt ab.

Hatten wir alle. Längst vorbei.

Da schüttelt Klarissa ihre Locken, die sie sich nach dem Krieg wieder hartnäckig dreht, wirft den Kopf in den Nacken und beginnt zu singen.

Es geht alles vorüber, es geht alles vorbei.

Auf jeden Dezember folgt wieder ein Mai!

Eine Wiedersehensfeier mit Musik. Rune runzelt die Stirn. Sie blickt auf die Pumps an Klarissas Füßen, in denen sie selbst zur Dame werden kann. Sie schaut auf die ausgeleierten Wollsocken.

Es ist gelogen. Nichts geht vorbei. Nicht alles.

Sommer ist über die Dächer gestiegen. Sein hitziger Schweif peitscht den Himmel, bis er glüht. Den Kindern verdreht er die Köpfe. Sie lechzen nach Wasser, wollen nur noch den Fluss, die Spree. Hochauf schlägt ihr Jubel, wenn sie sich fallen lassen, bäuchlings ins Wasser stürzen. Manfred droht seine Indianerhaut zu sprengen, so ist er gewachsen seit dem letzten Sommer. Er ist ein Jahr größer geworden, plumpst nicht mit den anderen unbesonnen in den Fluss. Er steht am Ufer, seine kleine Schwester an der Hand. Die nippt nur mit den Zehen vom Nass, mehr nimmt sie nicht. Und Manfred bleibt tapfer neben ihr stehen.

Eifersüchtig beobachtet Rune, wie er sich zu der Kleinen neigt und mit ihr spricht. Sie selbst will gemeint sein, ihr gehört Manfreds Zärtlichkeit. Atemlos stemmt sie sich vom Flussboden ab, schießt auf aus den Wellen, setzt mit spritzenden Sprüngen ans Ufer zurück. Stellt sich vor

Manfred auf, fordernd. Sie reckt sich, drückt die Brust heraus.

Willst du meine Seele sehen?

Manfred blinzelt zu Rune auf, schützend eine Hand über den Augen. Er hat sich neben die Schwester in den Sand gehockt.

Er hört, was Rune sagt.

Und er begreift nicht, was sie meint.

Er will dem jüngsten Kind der Gambe mit dem dunklen Zopf das Wasser zeigen. Den Fluss. Etwas anderes will er nicht.

Einen solchen Sommertag entlang kommt Kurt.

Er schaukelt die Lindenstraße herab auf das Haus zu, als sei er lange zur See gefahren. Als er in Sichtweite des elterlichen Küchenfensters ist, drückt Kurt seine schwarze Haarwelle, die er über den Krieg hinweg gerettet hat, zurecht. Er hebt einen Arm und winkt.

Ida Erlenbach fährt die Freude in beide Fäuste. Sie trommelt auf ihre Brust ein.

Mein Kutte. Unser Kurt!

Als Rune abends den Onkel zu sehen bekommt, erkennt

auch sie ihn an der Haarwelle wieder.

Und an seinen blauen Augen. Seine Haut ist dunkelbraun, darüber wundert sich Rune.

Dann hört sie, dass er in Italien war. In Kriegsgefangenschaft.

Nun hat Rune einen Eindruck von dem fremden Land.

A – M. MAMA.

In der Schule lernen sie es zuerst, als sei es das wichtigste Wort auf Erden. Fräulein Mienert schreibt die Buchstaben mit weißer Kreide an die Wandtafel, und die Kinder lesen es ihr laut und im Chor vor: M A M A.

Fräulein Mienert ist alt wie Heu. Ihr vertrocknetes Gesicht scheint zu knistern, wenn sie lächelt und es in Falten zieht. Rune staunt über die schmalen Lippen und das kalkweiße Gebiss ihrer Lehrerin. Wenn Rune recht hinschaut, sieht sie es dem schlanken Fräulein, das helle Kragen um den Hals trägt, deutlich an: Es ist eine Dame. Daran ändern die Makostrümpfe an den stämmigen Beinen des Fräuleins gar nichts. Freilich hätte sie ihre kurzen Säulen, die unter dem Kleidersaum hervorwachsen, lieber in Seide wickeln sollen. Trotzdem bleibt Fräulein Mienert eine Dame. Rune wundert sich nur darüber, dass Damen so abgenutzt aussehen können.

Die ersten Wochen über kann Rune es vor der Klasse verbergen. Sie hat sich beigebracht, auf geschickte Art die Finger ineinander zu verschränken. Sie meldet sich mit dem heilen Zeigefinger, den anderen versteckt sie in der Faust. Sie setzt sich auf ihre Hände, zieht unschuldig die Schultern hoch: Ich bin ganz und gar wie alle.

Als sie zum ersten Mal nach vorn gerufen wird zur Tafel, ungeschützt vor die Klasse treten muss, passiert es. Ausgerechnet das verehrte Fräulein reißt Rune aus ihrem Versteck.

Heidrun Erlenbach. Tritt vor.

Langsam erhebt Rune sich von der Schulbank. Sie macht Schritte, als müsse sie stolpern vor Verlegenheit. Senkt den Kopf und kommt.

Das Fräulein macht ihr Mut.

Das kannst du doch. Schreib.

Und drückt Rune ein Kreidestück in die Hand.

Das Fräulein diktiert, und trotzig hebt Rune die Hand zur Tafel. Und ob sie das kann.

MAMA. OMA. OPA.

Mehr als zwanzig gierige Augenpaare stürzen wie Raubvögel nieder. Auf das. Die hat ja. Der fehlt ja. Nach der anfänglichen Atemlosigkeit geht ein Raunen durchs Klassenzimmer. Wispern. Kleines Gelächter.

Das Fräulein wendet seine Blicke von der schreibenden Rune der Klasse zu. Hebt erstaunte Augenbrauen.

Heidrun hat alles richtig geschrieben.

Die Kinder verstummen.

Doch als Rune sich wieder in ihre Bank schiebt, rückt die Nachbarin vorsichtig von ihr ab.

In der Pause nach dieser Schulstunde schwirren die Mädchen wie Hummeln um Rune.

Zeig mal.

Wie kommt das.

Und damit kannst du schreiben?

Sie zeigt es ihnen voller Eifer. Legt Papier auf das Pult, schraubt den Stift auf, greift danach mit ihrer versehrten Hand.

MAMA. OMA. OPA.

Sie kann es.

Blickt sich nach abgelegter Probe triumphierend um. Habt ihr es nun gesehen? Habt es begriffen?

Nach ihrer anfänglichen Neugier jedoch rücken die

Kinder von ihr ab. Wollen nicht mit ihr. Wünschen sich ihresgleichen.

Evelyn Fröhlich, Runes Banknachbarin, passt das Klingelzeichen ab. Als Fräulein Mienert den Klassenraum betritt, wagt sich die kleine Zofe vor. Fällt in einen tiefen Knicks vor dem Fräulein.

Bitte, Fräulein. Ich will nicht länger neben Heidrun Erlenbach sitzen.

Das Fräulein zupft an seinen Kragenspitzen.

Warum nicht, Evelyn?

Evelyn antwortet nicht auf diese Frage. Fragt dagegen.

Warum denn ausgerechnet ich?

Laut genug, dass Rune es hören muss. Die ganze Klasse hört es.

Das Fräulein lässt seinen Kragen, fährt sich mit straffender Gebärde über eine Makowade. Solchen Fall hat es noch nicht gehabt. Wird unsicher.

Gut, dann tauschen wir die Plätze. Wer will?

Die Blicke der Kinder bohren sich in den Boden. Keines will.

Und Rune beschließt, ab jetzt nicht mehr zur Schule zu gehen.

Nachmittags bespricht sie sich mit Manfred.

Rune hat den Klingelknopf gedrückt wie ein gestoßenes Ausrufezeichen. Komm, komm, hilf!

Statt von Manfred, wird die Tür von der Gambe mit dem dunklen Zopf geöffnet. Sofort ist der Waldduft wieder da, der sanfte Holzgeruch jenes Tages, als Rune den Baumleib umarmte. Soviel Trost geht von Manfreds Mutter aus, dass Rune Tränen in die Augen schießen. Die samtene Frau strömt Wärme aus. Sie tupft mit leisem Daumen Rune Tränen von den Wangen.

Ist ja gut. Ist ja gut. Ist ja gut.

Wie ein Wiegenlied. Wie Wind im Laub.

Was hast du denn, Runekind?

Rune kann es nicht sagen. Sie weint.

Komm herein, meine Kleine.

Sie nimmt Rune bei der Hand, führt sie in Manfreds Kinderzimmer. Ihr Indianerprinz liegt bäuchlings auf dem Fußboden und rollt verschrumpelte Kastanien hin und her. Die kleine Schwester sitzt seitab auf einem Stuhl und spielt mit ihrer Puppenstube.

Kinder, sagt die Gambe mit ihrer Herbststimme, wisst ihr was? Ich bring für euch alle Limonade, ja?

Eine Antwort wartet sie nicht ab. Schwingt herum, ihr

dunkler Zopf klopft den Rücken, und heiter verlässt sie das Zimmer.

Sie sind zusammen unter den Tisch gekrochen, damit die kleine Schwester sie nicht stören kann. Rune liebt ihren Ritter noch immer, doch heut wiegt ihr Kummer schwerer als die Sehnsucht nach Küssen. Manfred spürt, dass etwas Ungewohntes in der Luft liegt.

Warum hast du geheult?

Seine Frage zwingt neuerlich Tränen hervor.

Wegen meiner Hände. In der Schule will mich deswegen keiner mehr.

Manfred schaut sie an mit offenem Mund.

Ich geh nicht mehr hin, bricht es aus Rune hervor, nie im Leben wieder!

Das kannst du nicht machen.

Doch.

Bei dir Zuhaus wird es keiner erlauben.

Ich frag sie gar nicht erst.

Aber Manfred weiß es besser.

Es geht nicht. Dann holt dich die Polizei.

Erschreckt blickt Rune ihm ins Gesicht.

Woher weißt du das?

Weil es immer so ist. Geht einer nicht zur Schule, bums, steht die Polizei vor der Tür.

Ratlos starrt Rune vor sich hin. Nach ihren bitteren Erfahrungen sagt sie hoffnungslos:

Da kann dann nicht mal Gott was machen.

Das kann der gläubige Manfred nicht auf seinem Angebeteten sitzen lassen. Er kriegt wieder seinen katholischen Blick und weist Rune zurecht.

Doch, Gott kann. Aber mit der Polizei lässt er sich nicht ein. Doch nicht mit der Polente!

Ja, ruft Rune verzweifelt aus, wegen meiner Hände macht er's nicht. Der ist wie alle!

Tut sie ihm leid? Manfred greift mit beiden Händen zu, fasst ihre Handgelenke, hebt sie an und wedelt ihre Hände wie Fähnchen.

Guck mal, sagt er, die sind doch ganz niedlich.

Erstaunt schaut Rune hin.

Das sagst du nur so.

Nein.

Zur Schule gehe ich trotzdem nicht mehr.

Hartnäckig bleibt Rune bei ihrem Entschluss. Sie ist morgens ohnehin die Letzte, die das Haus verlässt. Großvater längst in seiner Fabrik, Mutter in ihrem Büro: Das Feld ist frei. Mit der Großmutter kommt Rune zurecht.

Bis zum Frühstück hat sie sich nichts anmerken lassen. Gewaschen, angezogen, Zöpfe geflochten. Nun sitzt sie am Tisch, der Großmutter gegenüber, trinkt in langsamen Schlucken Muckefuck.

Mach, Kind, es ist Zeit.

Rune setzt die Kaffeetasse ab, schiebt sie von sich.

Ich gehe nicht.

Ist schulfrei?

Nein. Ich gehe nicht mehr.

Unter Schluchzen stottert Rune ihren Kummer hervor, und alles Zureden hilft nicht. Nicht Strenge, nicht der Sterntalerblick. Schließlich nimmt Ida Erlenbach ihr Junges in die Arme wie ein Kätzchen.

Mauseken. Hör auf zu weinen. Ich gehe hin. Die Bande knöpfe ich mir vor.

Die Bande besteht aus einem schmalen alten Fräulein mit weißem Hemdkragen, den Ida Erlenbach scheel mustert. Muss viel Zeit haben, dieses Fräulein Lehrerin, wenn es sich jeden Tag solchen Firlefanz umhängen will. Vor den Kindern wird es sich nicht die Blöße geben, ein Fleckchen auf dem Blütenweiß zu dulden. Doch Ida Erlenbach beherrscht sich, zwingt ihre widerborstigen Gedanken nieder. Immerhin steht sie einer Lehrerin gegenüber, einer gebildeten Frau, einer Respektsperson.

Fräulein Mienert holt ein Lächeln hervor und zeigt ihre kalkweißen Zähne. Sie sieht diese Frau zum ersten Mal, die ihr graues Kurzhaar wie einen Sattel auf dem Kopf trägt. Eher ist es weiß als grau. Kein Sattel, sondern eine Matte. Ein krauses Schädelpolster, das vom Stirnansatz bis in den Nacken reicht. Einfach zurückgekämmt, unterhalb der Ohren mit Klemmen festgezwickt. Obwohl Ida Erlenbach ihren Sonntagsmantel angezogen hat, wirkt sie alltäglich. Das Fräulein riecht die Armut, aus der diese Frau kommt. Es spürt diesen hilflosen Mut, den es die andere kostet, ihr gegenüberzutreten. Sie hat sich als Heidrun Erlenbachs Großmutter vorgestellt und dem Fräulein eine kleine, abgearbeitete Hand entgegengestreckt.

Sie stehen auf dem Schulhof, es ist Pause, um sie her toben Schwaden von Kindern. Der Lärm ihrer Stimmen brandet auf, sinkt ab, umspült sie wie Wellen. Spritzer einzelner Rufe erreichen sie, springen ihnen ins Ohr: Wurststulle, meins, halt, Kino, Alibaba, Hühnerkacke, vorsagen, alte Sau. Ein lautes, aufschwärmendes Gelächter, nach dem beide Frauen sich unwillkürlich umsehen, suchende Blicke nach der Quelle. Dann finden sie zu ihrem kurzen Gespräch, zu zweit auf einer vierfußgroßen Insel. Erst jetzt wird dem Fräulein klar, warum.

Warum die Kinder nicht neben Heidrun sein wollen. Fräulein Mienerts Lächeln erstirbt, ihre Augen weiten sich, und sie greift nach dem Arm der Großmutter.

Das habe ich nicht geahnt.

Es ist schlimm für das Mädel. Dass Kinder so sind.

Nicht nur Kinder, entgegnet die Lehrerin, und in ihrer Stimme schwingt ein Ton, der Ida Erlenbach aufhorchen lässt. Das hätte sie der Kragenträgerin nicht zugetraut. Das klang verständiger als Mitgefühl. Das schien erlebt.

Ich werde mit den Kindern reden.

Misstrauisch hakt Ida Erlenbach nach.

Was gibt es da zu reden? Heidrun wird davon nicht anders.

Heidrun nicht. Aber die andern.

Nein, Rune geht nicht allein. Sie traut dem Frieden nicht, der plötzlich eingezogen sein soll. Als sie am nächsten Morgen den Klassenraum betritt, hängt ihr als Talisman die Großmutter an der Hand.

Ida Erlenbachs Blick springt – sie kann es nicht verhindern – zuallererst dem Fräulein an den Hals. Tatsächlich. Tadellos. Ein frischer, unbefleckter weißer Kragen.

Fräulein Mienert geht den beiden, die an der Tür stehengeblieben sind, entgegen.

Schön, Heidrun, dass du wieder zu uns kommst.

Ida Erlenbach verzieht das Gesicht. Wozu solchen Schmus reden, das kann doch nicht gut sein. Sie sagt, zur Klasse gewendet:

Na – ist euch ein Licht aufgegangen?

Ja!, brüllen die Kinder im Chor.

Rune steht dem gegenüber mit gerunzelter Stirn. Sie spürt die Welle von Zustimmung, die ihr entgegenschlägt, deutlich. Aber, bevor sie das genießen kann, versteift sie sich innerlich. Der Wandel, der sich über Nacht vollzogen hat, ist unheimlich. Sie wendet sich an das Fräulein.

Wer sitzt denn nun neben mir?

Ich!, brüllt es wieder im Chor, fast aller Finger fahren in die Höhe.

Für einen Moment ist Rune überwältigt. Heiße Freude steigt in ihr auf, sie erlebt den ersten Rausch ihres Lebens. Weiß noch nicht, dass er Sieg heißt oder Macht. Wird sich aber fortan sehnen danach.

Dennoch ahnt Rune. Dass dieser Auftritt trügerisch ist. Die Kinder meinen nicht wirklich sie. Sie meinen nur einen, der anders ist als sie selbst. Sie meinen einen Zwerg. Einen Buckligen. Einen mit falschen Händen.

Sie steht vor den Kindern wie ein Clown.

In ihrer ersten Rolle.

Einmal, nachmittags, erblickt Rune das Fräulein in der Bahnhofstraße beim Einkauf. Voller Staunen bleibt Rune vor dem Schaufenster des Gemüseladens stehen. Ungläubig verfolgt sie den Vorgang an der Ladentheke. Tatsächlich nimmt Fräulein Mienert mit den feinen Haarwellen und dem schmal geschnittenen Mund einen Kohlkopf vom Gemüsefritzen entgegen. Auch Kartoffeln. Es erscheint Rune unvorstellbar, dass diese vornehme Altdame solch grobes Gemüse verzehren soll. Sie hat doch so helle Haut, zart und sorgsam gefältelt. Dazu passen Milch und Honig, helle Plätzchen, vielleicht auch leise Musik. Als das Fräulein aufschaut und den Blick kurz zum Fenster hebt, zuckt Rune zurück. Ist sie gesehen worden? Aber in den Augen des Fräuleins zeigt sich kein Erkennen.

Soll sie gestraft werden? Während Rune verlegen den Kopf wendet, erblickt sie Hundevater. Er kommt die Bahnhofstraße herab, hinter ihm trippeln seine zwergwüchsigen Spitze. Rune schießt brennende Röte ins Gesicht. Ihr ist, als trage sie Schuld daran, wenn in den nächsten Augenblicken das Fräulein dem Alten begegnen könnte. Es darf nicht geschehen, dass die Bewunderte mit solchem Schmutzfink zusammentrifft. Trotzdem greift beklemmendes Mitleid nach Rune, als der alte Mann mit seinen Hunden an ihr vorübergeht. So armselig sieht er aus, dass er Rune einsam vorkommt wie ein Baum. Ein Geruch geht von ihm aus wie Laubmoder. Er trägt seine Kellerwohnung mit sich herum.

Zum Glück ist er schon verschwunden, als die Lehrerin aus dem Laden tritt. Rune steht still an der Hauswand, um unsichtbar zu sein. Doch das Fräulein hat sie schon erkannt. Es zieht die Lippen auf und lächelt mit seinem kalkweißen Gebiss. Nur für Rune. Und Rune spürt einen winzigen Stich in der Brust. Es ist die Stelle, an der sich Glück einnistet, wenn es kommt.

Der strenge Frostwinter 1947, der viele Menschen in ihren Betten erfrieren lässt, quält auch die Erlenbachs in ihrem Armennest. Zwar sind die Presspappen, mit denen die Fenster vernagelt waren, durch gläserne Scheiben ersetzt. Aber der Frost dringt durch Ritzen, frisst sich in Stuben und Küche. Geheizt werden kann nur ein Raum, das Herzstück der Wohnung. Ida Erlenbach füttert den Küchenherd mit Stubbenholz, das Paul im Wald ausgegraben und mit dem Beil beschlagen hat, bevor die Erde hart wurde vom Schmerzwinter. Gestohlene Kohlen werden ins Feuer geworfen: Ida Erlenbach hat sie zusammen mit Rune von einem Betriebsgelände geklaut. Dort lagen sie blank und lockend auf einem großen Haufen, und die Wölfin und ihr Junges schlichen sich an. In panischer Eile grabschte jedes seine Einkaufstasche voll, in Sprüngen heim damit.

Es gibt fast nichts zu essen. Ida Erlenbach kocht Unsägliches. Woraus, weiß niemand. Es ist eine Nahrung aus Fürsorge und Wind, manchmal finden sich Spuren einer Kartoffel darunter. Kost für unkörperliche Wesen. Dennoch und dennoch: Die Großmutter ernährt die Ihren damit. Sie werden allesamt durchsichtig, sie werden zart wie schwankende Halme, namentlich Klarissa und Rune. Aber sie stehen auf ihren Füßen und tun, was sie müssen.

Für Paul und Klarissa beginnen geregelte Arbeitstage. Der Werkzeugmacher stapft dicht vermummt in seine Fabrik zum Schichtdienst. Die Straßenbahn fährt wieder, Klarissa kann zum Büro an ihren Schreibtisch rattern. An den dunklen Abenden hocken sie zu viert in der Küche. Meist bei Stromsperre, auf dem Tisch blakt ein Kerzenstumpf. Rune lümmelt auf der Kohlenkiste, den Rücken an den warmen Herd gedrückt. Ida und Paul reden von früher. Rune fragt ihre Mutter nach der Zukunft aus.

Kann ich später einmal so viel essen, bis ich satt bin? Übersatt?

Ja.

Und wann ist das?

Später.

Rune ist zehn Jahre alt. Sie hat sich in die Schule eingepasst wie in eine große Kiste. Freundschaften polstern sie gegen die Wände des unbehaglichen Gehäuses. Und sie hat etwas entdeckt, womit sie Bewunderung ertrotzen kann. Eine Fähigkeit, die keine so besitzt wie sie: Rune kann Gedichte aufsagen.

Wenn sie aufgerufen wird und vor die Klasse tritt, lässt sie sich drei Nasenschniefer lang Zeit, bevor sie beginnt. Damit erreicht sie, dass ihre Mitschülerinnen verstummen und sie anstarren. Kommt was? Kommt nichts? Und wie es kommt! Rune wirft beide Zöpfe zurück und räuspert sich kurz die Stimme zurecht, nur einmal, es fährt wie ein Ruck durch ihren Schlund. Und dann stellt sie ihren Zuhörern ein ruhiges Klangbild in die Luft, das noch nichts vom Hergang der Geschichte ahnen lässt. *Erlkönig.* Von Johann Wolfgang von Goethe. Aber dann legt sie los, mit so gruseliger Betonung auf dem Nebelschweif, auf Nacht und Wind, dass den Gaffern die Münder aufgehen vor Sprachlosigkeit. Rune schaut auf sie hin, sicher ihrer Wirkung auf die Klasse. Und obwohl sie selbst gepackt ist von ihrer Darbietung, es in den Armen zuckt, die mittun wollen in schweifenden Gesten: Rune bleibt auf der Hut. Ihre Hände halten einander auf dem Rücken fest.

Zu jedem Monatsbeginn stöckelt die Vermieterin des Wohnhauses in der Lindenstraße heran. Sie soll irgendwo in einer Villa leben mit Samt und Seide und Gold. Eine stattliche, hochgewachsene Frau mit Pumps und einem Pelzcape um die Schultern. An ihren Ohrläppchen baumeln klingklanggroße Reifen, die ihr fast auf die Schultern stippen. Das Haar trägt sie hochgesteckt, wie eine Roulade rund um den Kopf. Frau Sage ist Sängerin und bevor sie Platz nimmt in der Erlenbachküche bei der Großmutter, wird ein Stuhlsitz für sie abgewischt.

Rune sieht zu, wie Frau Sage ihre Handtasche aufknipst. Die blinkenden Fingerringe der Sängerin klimpern gegen das Metall des Taschenbügels. Ein Ton, den Rune einer Dame zuordnet, den sie sich merken wird für später.

Frau Sage zieht ein Büchlein aus der Tasche, quittiert etwas, lässt sich Geld von der Großmutter geben. Sie nickt häufig, damit ihre Ohrringe schaukeln können.

Dass eine leibhaftige Sängerin zu ihnen kommt, erfüllt Rune mit Triumph. Etwas von diesem Besuch wird wohl abfärben auf sie. Ganz umsonst kann solcher Glanz nicht sein.

Rune steigt ihr nach bis in die Kellerwohnung. Die Sängerin blickt aus ihrer stolzen Höhe auf Rune hinab. Und sie spricht, als sei ein Hündchen zu ihren Füßen aufgetaucht.

Wen haben wir denn da?

Rune schweigt ergriffen.

Willst du etwas von mir?

Rune runzelt die Stirn und nickt.

Und was? Das weißt du wohl selber nicht?

Doch, bricht es aus Rune hervor, Sie sollen singen!

Amüsiert schüttelt Frau Sage den Kopf und lacht.

Ich singe, wenn ich auf der Bühne bin.

Rune denkt über diese Worte nach, während sie mit Frau Sage in Mamsells Küche schlüpft. Es enttäuscht sie, dass diese großartige Erscheinung nicht auch im Keller ein paar Töne abgeben kann.

Rune verfolgt, wie Mamsell im Gespräch mit der Sängerin ihre frühere Hausmeisterstelle wieder an sich rafft. Aus dem schiefgesprochenen Mund der Tante fallen knappe Worte.

Mamsell ist wieder auf dem Posten, Frau Sage.

Die Sängerin bestätigt das mit einem einzigen Nicken. Mehr kann sie mit Mamsells Feststellung nicht anfangen.

Hof und Haus sind verdreckt, sagt Mamsell vorwurfsvoll, der alte Krüger schafft das nicht mehr. Bei Mamsell war immer alles picobello.

So.

Und ob. Das sollten Sie sich überlegen. Und bald.

Rune hört beide Frauen Zahlen nennen, von Geld ist die Rede. Sie handeln ein wenig hin und her. Schließlich beendet die Sängerin ihren Besuch mit den Worten:

Gut. Machen wir es so. Ich spreche mit dem Krüger.

Kaum ist die breithüftige Mamsell wieder in ihr Amt eingetreten, als sie auf offener Straße einen Zusammenstoß mit der Wunschen von nebenan hat.

Mamsell steht stramm in ihrer bunten Schürze vor der Haustür. Sie hat das Trottoir gekehrt und das Abfallhäufchen in einen Eimer geschüttet. Schaut sich das Ergebnis ihrer Arbeit an.

Da huscht, wuschelrot ihr Haar in Flammen, die Wunschen heran. Das leise Zischen, das sie im Hinken ausstößt, lässt Mamsell aufhorchen. Sie guckt der Nachbarsfrau hauswartsstreng ins Gesicht. Soll die hier nicht solchen Lärm ausschütten, den keiner versteht und der folglich zu nichts nütze ist. Schon gereizt, explodiert Mamsell vollends, als das Huhn an der Leine einen Klecks fallen lässt.

Sie! Das machen Sie sofort weg!

Haben Sie sich nicht so, erwidert die Wunschen.

Das ist die Höhe, Wunschen. Sie verunreinigen die Stadt mit ihrem Mistvieh.

Achgottachgott, macht die Wunschen höhnisch, wenn

das hier die Stadt ist!

Zornig stemmt Mamsell Fäuste in die Hüften.

Ich zeig Sie an, Sie! Da können Sie Gift drauf nehmen!

Und bei wem?, fragt mitleidig lächelnd die Wunschen.

Mamsells volles Gesicht ist rot vor Wut.

Bei wem? Ganz oben, sag ich Ihnen.

Da winkt die Wunschen leicht ab, zurrt an der Leine und hinkt mit ihrem Huhn davon.

Ganz oben gibt's nicht mehr!, ruft sie über die Schulter zurück und lässt Mamsell einfach stehen.

Schon in der Erlenbachküche tut sich für Rune der Himmel auf.

Ein neuer Monat hat begonnen, Miete muss eingeholt werden. Frau Sage sitzt auf dem reingewischten Stuhl, hat das Geld in ihrer Bügeltasche verstaut und lächelt plötzlich geheimnisvoll Rune an.

Du wolltest mich doch singen hören?

Rune stockt der Atem.

Können Sie jetzt?

Frau Sage lacht eine Tonleiter und schüttelt ihre großen Ohrringe.

Nein, mein Kind. Aber ich habe etwas für dich.

Knipst ihr Taschentier, das wie eine Katze auf ihrem Schoß hockt, noch einmal auf. Zieht zwei Billets hervor, winkt damit, schwenkt sie in Kopfhöhe durch die Luft.

Das sind Eintrittskarten für dich und deine Mama. Ich werde auf der Bühne für dich singen. Freust du dich?

Rune nickt entzückt. Streckt die Hände hin.

Ach je, sagt die Sängerin mitleidig, was hast du denn mit deinen Fingern gemacht?

Tapfer hält Rune die Theaterkarten fest. Soll sie fragen, diese hohe Frau. Sie wird singen müssen für sie.

Rune hat es in der Hand.

Ein Vorfrühlingsabend. Wind bläht graue Wolken, aus denen dann und wann ein Schauer niederfällt. In die Regentropfen mischt sich nasser Schnee.

Rune hat den Tag über in seltsamer Anspannung gelebt. Vormittags in der Schule hat sie sparsam geatmet, um nicht so deutlich da zu sein. Hat versucht, Fräulein Mienerts Blicke von sich fern zu halten. Es ist ihr gelungen, mit ihrer Freude auf den Abend allein zu bleiben. Einmal hat das Fräulein sie prüfend angeschaut. Doch Rune hat derart abwehrend dagegen angestarrt, als sei sie nichts anderes als ein Baum. Da hat das Fräulein irritiert von ihr abgelassen, flüchtig sein kalkweißes Gebiss entblößt und ein anderes Mädchen aufgerufen.

Am Nachmittag ist Rune bei Manfred gewesen. Die Gambe mit dem dunklen Zopf hatte ihnen Holundersaft heiß gemacht und in hohe Kelchgläser gefüllt. Manfreds kleine Schwester Kriemhild hatte sich einen Holunderbart angetrunken und bald in ihre Spielecke getrollt. Rune hatte Manfred für sich gehabt.

Manfred?

Ja?

Bist du schon mal in einem Singabend gewesen?

Noch nie.

Ich gehe heute.

Weiß ich doch.

Trotzdem.

Nein, Manfred hatte die Tragweite ihrer Erwartungen nicht begriffen. Und Rune hatte ihre Enttäuschung mit Holundersaft zugeschüttet.

Jetzt geht sie neben der Mutter her und zieht den Kopf ein. Sie will die steifseidenen Schleifen an ihren Zopf-enden vor den nassen Flocken schützen. Legt sogar ihre Hände über die hellblauen Bänder. Es ist unumgänglich, dass sie für diesen Abend schön sein muss bis in die Haar-spitzen.

Sie können den Weg bis zu ihrer Schule zu Fuß zurückle-
gen. Und die Aula, in der Rune schon oft gesessen hat, ist
seltsam verwandelt zu dieser Dämmerstunde. Abend-
himmel kommt zu den Fenstern herein, die Luft im Raum
riecht anders als an Schultagen. Etwas Festliches haftet
den Klappsitzen an, die zu alltäglicher Stunde ungeduldige Kinderhände schnappen lassen. Jetzt werden sie behutsam niedergedrückt, feierlich vornehm knarrt das Holz.
Kein Johlen, kein Schwatzen im Raum. Sanftes Murmeln
steigt über den Köpfen der Erwachsenen auf. Rune muss
an ein Pflaster denken, das lindernd auf eine Wunde
gelegt wird. Ihr ist, als streiche feiner Hauch über sie hin.
Überrascht blickt sie zur Mutter auf, ob sie es auch spüre.
Doch der ist nichts anzumerken. Klarissa Erlenbach sitzt
neben Rune, als sei sie allein. Ihre Locken sehen fremd
aus. Nur ab und an, wenn ihre Hand sie betupft, scheint
die Mutter dem Kind wieder nahe. Diese kleinen Gesten
machen sie wirklich.

Als das Licht im Saal gelöscht wird, Scheinwerferstrahlen
die Bühne anspringen, seufzt Rune auf. Sofort setzt
Musikwirbel ein, Menschenpaare in unvorstellbar kostbaren Gewändern drehen sich im Tanz. Stimmen steigen
auf, Gesang, süße Töne aus einem Honigtopf. Schmei-

chelnde, betörende Klänge. Runes Herz taumelt. Sie erblickt die Welt. Das eigentliche Leben.

Als der Tanz verebbt, die Paare sich lachend auf der Bühne verstreuen, tritt Frau Sage aus dem Hintergrund hervor. Groß und schön, in schillernde Seide gehüllt, macht sie ihre Ohrringe baumeln. Sie wirft den Kopf in den Nacken, lässt ein sehnsuchtsvolles Lied aus ihrem Körper strömen.

Ergriffen lauscht Rune den gebrochenen Tönen, die ihr Gänsehaut aufjagen. Schlagartig weiß sie Bescheid über sich. Auf einer Bühne stehen und Menschen bezaubern. Sie nicht entkommen lassen.

Anders wird es nicht gehen für sie.

Ausgerechnet dem Großvater will sie es sagen.

Tage nach dem Operettenabend steht Paul Erlenbach mit gezücktem Messer im Hof. Er hat ein Kaninchen geschlachtet, es an die Tür des Stalls gehängt. Er ist dabei, es auszubalgen. Tonlos bewegt er seine vollen Lippen, während er das Tierfleisch herauslöst.

Rune schaut ihm zu. Sie sitzt auf dem Hauklotz im Stall und wartet darauf, dass der Großvater fragt. Endlich gibt er ihr einen Blick über die Schulter.

Na, was ist?

Rune druckst. Aber dann sagt sie es doch.

Wegen neulich. Der Singabend.

Und?

Paul Erlenbach legt sauber abgetrenntes Fleisch in die bereitgestellte Schüssel. Wieder schaut er die Enkelin an. Rune, wie meist in entscheidenden Augenblicken, runzelt die Stirn.

Ich will werden wie Frau Sage.

Paul Erlenbach lacht auf, wendet sich wieder dem Kaninchen zu.

Da musst du dir 'nen reichen Onkel suchen.

Nach kurzer Pause sagt Rune :

Das meine ich nicht.

Der Großvater stemmt beide Hände in die behäbigen Hüften.

Ach, nicht die Villa und Ohrringe? Du willst doch nicht etwa auf einer Bühne singen?

So wie Frau Sage.

Werd bloß nicht überkandidelt, entgegnet Paul Erlenbach und wendet sich von Rune ab, Künstler haben alle einen Flitz.

Das ist mir egal, beharrt Rune.

Der Großvater tut das ab, weil es sowieso unmöglich ist.

Dann guck dir deine Hände an.

Rune schluckt. Vielleicht hat der Großvater recht. Aber weil es nun einmal nicht anders geht, sagt sie trotzig:

Das ist mir auch egal.

Altweibersommer. Das Erlenbachhaus in der Lindenstraße ist eingesponnen in blaugoldenes Licht, Friede eines Nachmittags. Auf der Spree blitzen Segelboote, Rune darf noch einmal aus dem Küchenfenster der Jauern schauen. Wie Libellen schießen die Boote über das Wasser hin. Rune meint den Wind zu schmecken, der die Segel bläht. Er legt sich ihr auf die Zunge wie fliederfarbener Hauch. Das macht sie sehnsüchtig nach einer Ferne, die sie nicht kennt. Die ihr dennoch eingibt, dass sie kein kleines Kind mehr ist.

Unten im Hof wirtschaftet Mamsell. In ihrer breithüftigen Tatkraft hat sie den Handwagen aus dem Stall gedeichselt und ihn wieder flott gemacht. Axt und Säge geladen, zieht sie los zum Stubbenbuddeln in den Wald. Drangehängt als Schlusslichter Mamsells blonder Junge und das Mädchen mit Rotznase.

Paul Erlenbach steht behäbig im Hoftor und sieht ihnen

nach. Er lässt seine blutvollen Lippen flattern, pfeift seinen Abschiedsgruß. Mamsell, ohne sich umzublicken, hebt einen Arm und winkt.

Fette Beute, ruft Paul Erlenbach.

Dann spuckt er aus, angeekelt von seinen Worten.

Pfui Deibel.

Und Hundevater? Den Kindern ist er mit den Jahren gleichgültig geworden. Sie hänseln ihn nicht mehr, bekreischen seine Tiere nicht. Das schwächt den alten Mann, ihm fehlt seine flammende Wut. Er schlurft in sich gekehrt durch die Straßen, den Blick zu Boden gerichtet. Kein Theater mehr: Hundevater macht Theater! Nichts. Und seine betagten Hunde schlingern hinter ihm her, als ginge es aufs Ende zu.

Das Jahr neigt sich. In den kargen Auslagen der Gemüsehändler leuchten Kürbismonde. Glattwangig manche, andere mit Warzen übersät.

Erster Frost hat Pfützen mit einer Schmalzhaut überzogen. Morgens auf dem Schulweg zertritt Rune die Eisschicht mit ihrem Schuhabsatz und lässt die Splitter springen. Dabei denkt sie inständig an ein Gedicht, das sie heut vor der Klasse aufsagen soll.

Theodor Storm, sagt sie sich halblaut vor.

Sie wird einen Knicks machen vor dem Namen. Nein, wird sie nicht.

Vielleicht aber doch, dass es schön aussieht.

Die Wunschen hat ihr Huhn begraben.

Nun kann sie nicht einmal mehr einwandfrei hinken. Ihr fehlt die Strippe in der Hand. Ihr fehlt das gefühlvolle Einknicken der Hühnerwade, das sie jahrelang begleitet hat. Und ihr Zischen beim Gehen ist überflüssig geworden, sie hat es eingestellt. Nun wirkt sie, als habe sie die menschliche Sprache verloren. Ihr roter Krausschopf auf dem Kopf ist wie eine trübe Erinnerung an den Kamm ihres Huhns.

Seit Kriegsende hat die Wunschen nicht mehr vermietet. Jetzt aber, in ihrer Hühnereinsamkeit, denkt sie über etwas nach, das niemand in Köpenick erraten könnte. Sie wird ihn herlocken. Benjamin. Und die Leute werden sich wundern. Denn von ihm weiß hier keiner …

Ein Jahresende. Seit den Vormittagsstunden ist die Luft voller Zisch und Knall, die Menschen haben Spaß am

Lärmen. Jahre nach Kriegsende ängstigen Rune diese schussähnlichen Geräusche immer noch. Sie fürchtet sich vor den schweifenden Schwärmern mit ihren Feuerschwänzen, vor den krepierenden Knallfröschen. Der Krieg ist ihr im Blut geblieben.

Am Silvesterabend ist das Erlenbachnest im zweiten Stock dicht besetzt. Die Tür zwischen Küche und Stube ist weit geöffnet. Mamsell und Kurt haben Stühle aus ihrer Kellerwohnung mitgebracht, ein Plättbrett wird als Bank benutzt. Mitten in der Küche hinter hohem Hocker amtiert Klarissa Erlenbach als Schminkerin. Nacheinander nehmen ihre Kunden auf dem Hocker Platz, und Klarissa malt ihnen Rotwangen, purpurne Nasen oder schräge Augenbrauen.

Jetzt ist Manfred an der Reihe. Rune beobachtet, wie er mit seinem katholischen Blick den Schwarzstift ablehnt, den die Mutter in der Hand hält.

Den nicht, sagt er und wendet den Kopf ab, ich will auch Rot haben.

Klarissa Erlenbach rückt den Jungenkopf zurecht und beginnt, ihm einen schwarzen Bart unter die Nase zu malen.

Du bist ein Junge, du kriegst den schwarzen Schnurrbart.

Sie tritt einen Schritt zurück, mustert ihr Werk.

Siehst schick aus. Komm, Pappa, jetzt du.

Während Manfred halb getröstet vom Hocker rutscht und Paul Erlenbach seinen Platz einnimmt, die vollen roten Lippen feucht vor Vergnügtheit, verhandelt Ida Erlenbach am Küchenherd mit Mamsell. Mamsell hat eine Halsschärpe umgelegt, ihr schiefer Mund ist rot wie Klatschmohn. Ida Erlenbach trägt ein spitzes Hütchen auf ihrer zurückgekämmten Haarmatte.

Die Bleistücke müssen griffbereit liegen, sagt sie zu ihrer Schwiegertochter, und sie müssen für alle reichen.

Mamsell macht das schon, antwortet Mamsell resolut, die Sache ist geritzt.

Und aus einer alten Konfektschachtel sortiert sie Klümpchen von Blei auf die Herdablage. Ihr blonder Junge schaut zu, den Mund weit geöffnet zählt er mit den Augen mit.

Für mich auch.

Jadoch. Mamsell vergisst dich doch nicht. Aber wisch Karin die Nase.

Der blonde Junge rührt sich nicht, und Mamsell gibt ihm einen warnenden Blick.

Da hilft er seiner bedrängten Schwester, die immer wieder

hochzieht. Er wischt die Nase mit dem eigenen Taschentuch. Sie ist ein verfressenes Kind. Und später, wenn es Pfannkuchen gibt, wird er von der Schwester einen Dankhappen ertrotzen.

Die lernt das nie, sagt er zu Mamsell.

Du hast es nötig, fährt Mamsell ihn unwirsch an.

Beleidigt steckt er sein Taschentuch ein und kehrt sich ab. Karin schlendert zum Küchentisch, schielt begehrlich nach dem Teller voller Pfannkuchen. Befriedigt stellt sie fest, dass alle gleich groß sind.

Trotzdem wird sie versuchen, den Größten zu erwischen.

Klarissa ist mit dem Schminken fertig. Sie selbst hat sich Papierschlangen um den Hals gehängt und ein Seidenband in die dunklen Locken gewunden. Eben will sie den Hocker in die Stube hinübertragen, als es ohrenbetäubend gegen die Küchentür poltert.

Das ist Kuttchen, sagt Ida Erlenbach besänftigend, der braucht immer ein bisschen Spaß.

Sie öffnet ihm schmunzelnd die Tür.

Mit auswärtsgeknickten Knien, seinen Seemannsgang übertreibend, schaukelt Kurt herein. In seiner schwarzen Haarwelle schimmert Konfetti. Nach dem Schminken hat er sich noch einmal davongestohlen, um die Bande mit seiner Gabe zu überraschen. Er stellt ein Eimerchen zwischen die gespreizten Füße und reibt sich die Hände.

Für alle, sagt er bedeutsam und lässt langsam ein Käuzchenlid über sein Auge klappen.

Eingelegte Bratheringe. Unerwarteter Festschmaus. Misstrauisch fragt Ida Erlenbach:

Sei ehrlich, Kuttchen. Wo hast du die her?

Kurt verzieht schlau den Mund, lässt noch einmal sein Augenlid klappen.

Organisiert, antwortet er.

Und das verstehen alle.

Kurz vor Mitternacht werden die Kerzen am Weihnachtsbaum noch einmal angezündet. Ruhige Flämmchen, dann und wann ein Knistern. Es ist warm in den Räumen, die Luft gesättigt vom schwülen Duft des Punsches. Paul Erlenbach steht am Herd, füllt mit einer Kelle den dampfenden Glühwein in Gläser. Auch den Kindern wird eingeschenkt.

Rune drückt sich flüchtig an die behäbige Hüfte des Großvaters, als sie ihm ihr Glas hinhält. Er scheint es nicht zu bemerken. Während er ausschenkt, den vorgeneigten Kopf über dem Punschtopf, tanzt ein Lichtreflex über sein Gesicht. Rune erkennt, dass es die roten Wellen des Weines sind. Der Großvater eingetaucht in ein Meer von heiterer Farbe, seine vollen Lippen dunkler noch als der Wein. Und Rune erinnert sich, dass er einmal für sie eine Rasierklinge verschluckt hat, als die Russen kamen. Erliegt der gleichen Sinnestäuschung wie einst im Luftschutzkeller: Sieht die scharfe Klinge zwischen den geöffneten Lippen des Großvaters verschwinden, sieht sie langsam die Kehle hinabgleiten ins Bodenlose. Und damit hat er sie lebendig bleiben lassen.

Rune wendet sich ab mit ihrem Punschglas, plötzliche Traurigkeit im Herzen. Wie Weinen steigt es in ihr auf.

Sie kann nicht sagen, wie lieb sie ihn hat.

Rune hält sich an den Onkel und bekommt vom eingelegten Brathering zu kosten.

Schmeckt nicht.

Dann gib ihn mir.

Karin hat zugehört, nimmt Rune den Teller aus der Hand. Sofort greift sie mit den Fingern zu, schiebt sich ein Stück in den Mund.

Ich könnte immer nur essen und essen, sagt sie kauend.

Und unter ihrer Nase bläht sich ein Rotzlicht.

Ida Erlenbach hat das Küchenfenster einen Spaltbreit geöffnet, um das Läuten der Mitternachtsglocken hereinzulassen. Rune, die neben ihr steht, zuckt leise und getroffen zusammen. Mit der Mitternacht dringt etwas Süßes, Bekanntes herein. Wie ein Grüßen ist es, ein Winken. Es kommt von der Gambe mit dem dunklen Zopf.
Rune sucht Manfred mit den Augen. Hat auch ihn dieses Schwingen berührt? Da steht Manfred ihr unvermittelt gegenüber. Er ist müde, mitternachtsbleich. Und Rune, von ihrem eigenen Entzücken hingerissen, flüstert ihm aufgeregt ins Ohr:
Du musst ganz breit staunen, weißt du? Wie langgezogene Musik. Damit es fürs ganze Leben reicht.
Manfred weicht zurück und tippt sich an die Stirn.
Du bist wohl besoffen, Mensch.

Prost Neujahr!
Sie stoßen miteinander an, ihre Rufe steigern sich zum Schreien.
Prost Neujahr!
In den Gasflammen des Kochherds brodelt Blei. Es ver-

flüssigt sich im Schmelztiegel des anbrechenden Jahres, in einem großen Blechlöffel. Eine Schüssel kalten Wassers steht bereit, das heiße Blei zischt hinein, erstarrt zu bizarren Formen. Staunen und Deuten und ungläubiges Rufen. Jeder gießt sich sein Schicksal zurecht.

Rune zieht einen gezackten Klumpen aus dem Wasser. Die Runde rätselt. Das sieht nicht nach Geld und nicht nach einer Reise aus. Das gleicht keinem Tier und überhaupt keiner Gestalt.

Das ist höchstens ein Schiss, schlägt Manfred erbarmungslos vor.

Rune verlässt alle Liebe. Sie blickt ihn zornig an, mit gerunzelter Stirn weist sie ihn zurecht.

Dieser Schiss, du Affe, bin ich. Auf der Bühne. Merk dir das.

ZWEITER TEIL

1954 hat auch Rune Erlenbach den Krieg vergessen. Wenn Sommergewitter grollen, verwechselt sie den Donner nicht mehr mit einem Bombeneinschlag.

Jetzt steht der Septemberhimmel strahlend über der Stadt, reifer Pflaumenduft tränkt die Luft. Sonnenblumen läuten mit schwer gewordenen Köpfen.

Gleichsam aus den Wolken steigt, mit flatterndem Mantel und Schlapphut angetan, eine Erscheinung in Runes Tage herab. Er kommt wie aus dem Wind, dieser Mann. Das Haar weht unter dem Hutrand hervor, leicht gelockt, in einer Farbmischung aus Braun und Rot und Grau. Er segelt geradewegs ins Nachbarhaus, er bringt Musik mit, die er in seinem Akkordeonkasten bei sich trägt. Er ist Künstler bis in die schmalen Hände hinein, ein dunkles Bärtchen steht wie ein Strich über seiner Oberlippe. Eine schlanke Gestalt, braune Jünglingsaugen voller Feuer, obwohl dieser Benjamin schon dreißig Jahre alt ist. Ein wenig darüber.

Rune verschlägt es die Sprache. Sie ist siebzehn Jahre alt.

Wo hat die Wunschen plötzlich den erwachsenen Sohn her? Warum hat niemand von ihm gewusst?

Statt einer Antwort zuckt sie mit den Schultern.

Det jeht keenen wat an. Er is eben da.

Und wo war er sein Leben lang?

Ida Erlenbach fragt es der verstockten Person direkt in die Augen hinein. Das knittrige Gesicht der Wunschen verzieht sich, Faltenplissee, das violette Brandmal scheint zu hüpfen. Ihr Feuerhaar sprüht Funken.

Vielleicht in Amerika, antwortet sie vergnügt, vielleicht auch bei den Hottentotten.

Ida Erlenbach streicht sich nachdenklich mit einer Hand über ihre Haarmatte. So ein Luder. Hat sich Jahr um Jahr verstellt, hat harmlos getan mit ihrem Huhn an der Leine. Ein rascher Blick: Ähnlich sieht er ihr nicht, dieser Musiksohn. Obwohl er vom roten Haar ein paar Fäden an seiner Halbglatze hängen hat.

Und der Vater?, fragt Ida Erlenbach scheinheilig.

Da zupft sich die Wunschen an der Nase und feixt.

Und deine Klarissa?, fragt sie anzüglich zurück.

Ja. Da gibt es nichts weiter zu reden.

Die Wunschen hat vorgesorgt für ihren Benjamin. Aus den Schlafkammern, die sie einst vermietete, hat sie ein hübsches Zimmer machen lassen. Fensterdurchbruch zur

Straße, Blick auf die Spree. Die vorübertuckernden Dampfer sollen ihn erfreuen, wenn er hinausschaut. Und an verhangenen Tagen klingt es vertraut, wenn Nebelhörner über den Fluss blasen. Er braucht das, der Musensohn soll heimisch werden bei ihr. Wenn er sein Akkordeon umhängt, die schlanken Finger über die Tasten gleiten, spürt die Wunschen einen großen Batzen Freude in der Brust. Wehmut durchströmt sie, sie muss gehörig schlucken, um nicht in Tränen auszubrechen. Es ist wie in Zeiten, da ihr Huhn noch lebte. Es mit ihr durch die Straßen zog.

Benjamin Wunsch stellt eine Staffelei in seinem Zimmer auf, legt Pinsel und Palette zurecht. Auch malen kann er. Seine Vorliebe gilt Gewitterlandschaften. Er malt aufgewühlte Meere, über denen lilabäuchig und giftgrün Wolken drohen. Blitze werfen unheimliches Licht.
Abends geht er aus, das schwere Akkordeon am Arm. Mit zwei Musikerkollegen spielt er zum Tanz auf in einer Köpenicker Bar. Rune beobachtet ihn, wenn er gegen acht aus dem Nachbarhaus tritt. Elegant gekleidet, dezent, obwohl er Farbe zu sprühen scheint. Er geht dahin wie ein Auserwählter unterm Sternenhimmel. Berühren seine

Füße überhaupt den Boden? Da ist doch ein Schweben und Wehen um ihn, da flattert es doch wie von Vogelfedern. Benjamin Wunsch leuchtet, Rune sieht es mit eigenen Augen.

Sie versucht, ihm zufällig über den Weg zu laufen.

Hoppla!

Er muss sein Akkordeon abstellen und Rune am Arm ergreifen, weil sie ungeschickt gestolpert ist. Sie wird flammend rot.

'n Abend, sagt sie.

Er schaut ihr prüfend ins Gesicht, scheint sie zum ersten Male wahrzunehmen. Seine Lippen gehen auf, herrlich weiße Zähne, sein Lächeln ist aus Silber. Im Grund der Augen springt ein Flämmchen auf. Was für ein hübsches junges Ding. Er gibt ihren Arm frei, verneigt sich schmeichlerisch vor ihr.

Hab ich Sie nicht schon gesehen, mein Fräulein?

Runes Wangen werden von glühenden Zangen gezwickt.

Wir sind Nachbarn, stößt sie hervor, die Erlenbachs aus Nummer acht.

Richtig!, ruft er aus, das hätte ich doch wissen müssen!

Sie guckt und guckt. Dieser Musiker ist mondenschön.

Und ein Duft geht von ihm aus wie Zimt und Seide. Aber auch ein Hauch verruchter Überlegenheit, und der betört Rune erst recht.

Fräulein Erlenbach, sagt er weich und greift nach seinem Akkordeon, ich muss zum Dienst. Verraten Sie mir Ihren eigentlichen Namen?
Rune.
Er stutzt. Dieses junge Mädchen scheint naiv wie ein Kind zu sein.

Rune, wiederholt er und wendet sich zum Gehen, das klingt wie ein Wiegenlied.
Entrückt blickt sie ihm hinterdrein. Ihren Namen hat er für sie aufgeschüttelt wie ein Himmelbett. Es braucht sie nicht zu wundern, dass Benjamin Wunsch auf eine Wolke steigt und davonweht.

Hat sie denn treulos den zigeunerbraunen Kinderfreund vergessen? Manfred, der eine Gambe mit dunklem Zopf zur Mutter hat?
Ach, das ist lange her. Als sie zwölf waren, hat Rune sich mit ihm verlobt. Da gab es nasse Küsse im Stall, die sollten bis zur Hochzeit reichen. Doch bald darauf ist Rune der Bräutigam abhanden gekommen.

Hast du dir gemerkt, was du dir merken solltest?

Sie saßen miteinander im Kahn, der am Steg vertäut auf dem Fluss schaukelte. Niemand hatte sie daran gehindert einzusteigen. Rune blickte angespannt zur Baumgarteninsel hinüber, als sähe sie eine Vision.

Hast du?, hakte sie nach.

Manfred schoss ihr einen seiner katholischen Seitenblicke zu. Ausgesprochen unverlobt fragte er zurück:

Du meinst doch nicht etwa den Schiss von damals?

Langsam kam Runes Blick über den Fluss zurück, heftete sich vorwurfsvoll in Manfreds mürrisches Gesicht.

Das war kein Schiss, entgegnete Rune mahnend.

Und ob das ein Schiss war, höhnte er und spuckte ins Wasser. Du kannst niemals werden wie Frau Sage.

Rune ging vor Verblüffung der Mund auf. Was wagte dieser falsche Bräutigam da?

Warum nicht?

Mit deinen Händen geht das nie im Leben.

Oh, da stand Rune schon die Bitternis im Magen, reichte bis zum Hals hinauf. Kaum, dass sie atmen konnte. Sie machte einen letzten Versuch.

Hast du vergessen, dass man nur bei mir die Seele sehen kann?

Bang klopfte ihre Halsschlagader.

Und Manfred, wortlos, spuckte abermals ins Wasser.

Da nahm Rune Liebe und Treue wieder an sich, schlug mit der flachen Hand aufs Wasser, tauchte die Verlobung unter. Mit tränenerstickter Stimme schrie sie ihn an.

Das werden wir ja sehen.

Manfred ist zu einem Dutzendjungen herangewachsen, daran hat selbst die Gambe mit dem dunklen Zopf nichts ändern können. Mit seinen gut sechzehn Jahren kommt er sich wie ein ausgelernter Mann vor. Beim Gehen schleudert er die Füße, das soll verwegen aussehen. Und manchmal hängt ihm eine erloschene Zigarette im Mundwinkel. Breite Schultern hat er bekommen und einen Beruf. Er ist Montierer in einer Werkhalle, irgendwo in Berlin. Soviel Eigenständigkeit bläht ihn auf bis zum Platzen, Rune nimmt es voller Verachtung wahr. Der ist kein Zigeunerprinz mehr, oh nein. Nur noch ein angeberischer Lehrling im letzten Ausbildungsjahr.

Aber seine kleine Schwester Kriemhild ist niedlich geworden. Mit ihren zwölf Jahren bewegt sie sich wie ein Birkenbäumchen im Wind. Licht und leicht hüpft sie durch die Straßen, alles an ihr scheint in Bewegung, flirrt.

Obwohl sie blond ist, erinnert sie Rune an die Gambe mit dem dunklen Zopf.

Kriemhild hat ein Wangengrübchen, wenn sie lächelt.

Die Kinder von Mamsell und Kurt sind ebenfalls gewachsen. Der Rüpel Rolf hat flinke Finger bekommen. Er nimmt Vogelnester aus und stiehlt beim Grünwarenhändler harmlos Äpfel. Mamsell, wenn sie ihm auf die Schliche kommt, trillert Kopfnüsse gegen seinen harten Schädel.

Wer hat dir so was beigebracht, du Ganove!

Ihr schiefgesprochener Mund lässt vor Empörung die Lippen flattern.

Seine Schwester ist dem Alter nässender Kindernasen längst entwachsen. Vielleicht bekommt sie später einmal die ausladenden Hüften ihrer Mutter Mamsell. Karin stopft in sich hinein, was sie nur erwischen kann. Und sie lernt für die Schule nicht mehr als nötig, eher weniger. Ihr träger Geist beschäftigt sich mit Süßigkeiten. Jetzt schon weiß sie, dass sie einmal Schneiderin werden will, während ihr großer Bruder hochtrabend davon spricht, Häuser zu bauen.

Sieh an: Ein Maurer bei den Erlenbachs.

Ach, die Jauern ist tot. Das dicke alte Weib mit der Aussicht zum Fluss.

Rune hört ihre Großmutter raunen:

Die hat noch alle Zähne gehabt, die Jauern.

Ida Erlenbachs Kuttchen, Mamsells Mann, setzt sich nachts ein Haarnetz auf den Kopf. Es ist aus braunem, grobem Garn gewirkt, und sein Kopf sieht darin wie eine Zwiebel aus. So schont Kurt über Nacht seine Haarwelle, die er eitel durch die Tage trägt.

Und wenn er etwas scherzhaft meint, klappt er ein Eulenlid übers Auge. Das andere Auge weit geöffnet, um damit für beide zu gucken.

Rune ist schön geworden. Die dunklen Locken hat sie sich bei Klarissa abgeguckt und lässt sie bis auf die Schultern fallen. Doch Runes Haar lockt sich von selbst, sie braucht keinen Frisör dazu. Von der Mutter hat sie auch die gültigen Bibelsprüche über taugliche Männer erlernt: Sauberer Kragen, saubere Fingernägel, keine schief getretenen Absätze. Darauf musst du achten. Und den Haarscheitel rechts ziehen. Denn links von dir geht der Kavalier, lass ihn wogende Lockenpracht sehen, üppige.

Rune zieht sich einen klaren Mittelscheitel.

Ebenso klar ist ihr Plan: Rune muss zum Theater, muss und muss Schauspielerin werden.

Klarissa Erlenbach erhebt Einspruch.

Zuerst lernst du was Ordentliches.

Rune kaut Unterlippe. Was ist unordentlich am Theater? Oder spielt die Mutter insgeheim auf ihre Hände an? Bockig schaut sie der Mutter in die Augen.

Ich will nichts außer Theater.

Das kannst du haben, entgegnet Klarissa Erlenbach und schwalbt ihrer Tochter eins hinter die Ohren.

Ist das nun klar?

Nein.

Unter der zweiten Ohrfeige duckt Rune sich weg. Doch wenige Wochen später unterschreibt die Mutter einen Lehrvertrag für Heidrun Erlenbach.

Industriekaufmann. Punkt. Lehrzeit drei Jahre.

Einige Monate quält Rune sich mit der ungeliebten Arbeit. Abends, wenn sie heimkommt aus dem Büro, nippt sie Tränensuppe. Denn was Ida Erlenbach ihr auch vorsetzt an Speisen: Rune weint auf den Teller hinab.

Kind. Versalz dir doch nicht alles.

Abwartend schaut der Großvater zu. Paul Erlenbach mit seinem schweren, roten Mund bringt ein nachdenkliches Pfeifen über die Lippen. Die mickert, seine Rune. Kann nicht gut für sie sein. Und schließlich schreitet er ein.

Schluss damit, Klarissa. Nimm das Mädel da raus.

Rune hebt das tränennasse Gesicht, und sie zweifelt keinen Augenblick daran: Der Großvater hat noch einmal ihretwegen eine Rasierklinge verschluckt.

Und Klarissa, die Mutter, gehorcht ihm.

Aber Geld verdienen muss sie, das ist klar.

Rune nascht frei und selig von verschiedenen Angeboten. In einer Kaufhalle reicht sie Brötchen über den Ladentisch und verkauft Kuchen. Eine Zeitlang hilft sie auf der Station eines Krankenhauses, flitzt durch die lysolgepflegten Korridore wie ein Irrwisch, teilt Lachen aus und bunte Pillen. Schließlich entscheidet sie sich für die Straßenbahn. Sie wird Schaffnerin. Schiffchenmütze aufs dunkle Haar gestülpt, in einen lodenähnlichen Mantel geknöpft, zieht sie am Klingelgurt verschiedener Straßenbahnen. Sie kutschiert von Köpenick nach Schöneweide, nach Wendenschloss, nach Grünau: Die Welt ist weit. Muss sich, die

Münzkassette vor den Bauch gehängt, beim Berufsverkehr durch Menschenmassen drängen. Fahrscheine zupfen, Geld herausgeben. Sie wird rot, wenn ihr ein Fahrgast allzu ungeniert auf die Hände guckt.

Aber ach, die Welt ist wirklich weit. Und sie wird es schaffen.

Freizeit hat Rune noch immer genug. Und ein wenig Geld in der Tasche.

Ihr Entschluss ist aus Sehnsucht gewachsen. Es muss etwas geschehen.

Sie steigt in die S–Bahn und fährt zum Bahnhof Friedrichstraße. Irrt ein wenig herum, fragt sich durch. Steht schließlich, als habe Frau Sage ihre Schritte gelenkt, vor dem Operettentheater.

Ein alter Pförtner hinter seinem Klappfenster blickt zu ihr auf.

Na, Fräulein?

Ich muss Schauspielerin werden. Bin ich hier richtig?

Tritt ein weißhaariger Herr zu ihnen am Bühneneingang, hört Runes Frage. Wechselt einen amüsierten Blick mit dem Pförtner.

Sie wollen zur Bühne, mein Kind?

Feuerrot schießt Rune hoch, antwortet tapfer:

Ja.

Und sie schaut dem Komödianten in leuchtend blaue Augen.

Wenn du es kannst, helfe ich dir.

Tage drauf kommt Rune vom Straßenbahndepot nach Haus. Mitten in der Küche steht die Großmutter, direkt unter der Lampe.

Was ist das?, fragt sie herausfordernd und streckt Rune einen Briefumschlag entgegen.

Die Schauspielschule Berlin hat ihr Bewerbungsunterlagen zugeschickt. Und als sei damit schon alles getan, springt Rune in den Himmel.

Hundevater lebt noch. Kleiner ist er geworden, zusammengerollt. Ein einsamer Spitz ist ihm geblieben, den schleift er langsam hinter sich her. Der Hund hat triefende Augen, als weine er seinem toten Gefährten Tränen nach.

Wenn er ohne Schlapphut daherkommt, hat Benjamin Wunsch tatsächlich über der Stirn ein Stückchen Glatze.

Braune, angenehme Haut. Wer wissend hinschaut, kann der Wunschen Rot in den welligen Haaren spielen sehen. Rune guckt nur verliebt, sie sieht einen betörenden Mann. Als Benjamin Wunsch unvermittelt in ihren Straßenbahnwagen steigt, rutscht Rune das Herz aus. Es stammelt einige stürmische Schläge, hält sich dann am Magen fest. Sie ist so verwirrt, dass sie die Flucht ergreift. Während die Straßenbahn anfährt, drängt Rune durch den Wagen ans andere Ende. Versucht dort, sich zu sammeln. Schließlich geht sie auf ihn zu, der auf dem Perron stehen geblieben ist, und Rune kassiert Fahrgeld. Dabei lächelt sie vage, und Benjamins Bärtchen zuckt. Behutsam greift er nach einer der langen Locken, die Rune auf der Schulter liegen.

Wunderschönes Haar haben Sie, Rune.

Mit seiner Stimme gesprochen, klingt ihr Name tatsächlich wie ein Wiegenlied. Rune wird ganz langsam, von der Halsschlagader her, rot. Es sind seine Augen. Es ist sein unentrinnbarer Blick, der ihr gleichsam das Fell über die Ohren zieht. Keine Wahl.

Benjamin im Flattermantel, Schlapphut auf dem Kopf, fährt mit Rune über die Sektorengrenze nach West–Berlin. Sie sitzt neben ihm in der Bahn, umschlungen von seinem Arm, geborgen. Als habe sie alle Heimat bei sich, die sie brauche. Sie kann es noch immer nicht fassen, dass dieser Mann, der aus Wind und Wolken kam und keine Vergangenheit zu haben scheint, sie erwählt hat. Und heute wird er es ganz deutlich machen: Er fährt mit ihr in den Westteil der Stadt, um Verlobungsringe zu kaufen.

Er legt Rune eine Tüte voller Weintrauben in den Arm. Sie hält das Päckchen wie lauter Glück, und so berauschend schmecken die Beeren auch.

Wird Benjamin im Juweliergeschäft zum ersten Male aufmerksam? Rune hat ihre Hände vor ihm versteckt, so gut es ging. Nun gibt es kein Entrinnen. Sie muss einen Ring anprobieren.

Benjamin weiß längst Bescheid. Als er sieht, wie verwirrt Rune ihren Finger hinstreckt, sich schämt, streift er flüchtig ihre Wange mit seiner Hand.

Ach, meine Süße. Ist ja gut.

Einmal holt er sie abends ab, spät im Oktober. Steht am Depot, wartet auf sie. Die Luft ist kalt und feucht, bei Benjamins Kuss schmeckt Rune Nebeltröpfchen in seinem Bart.

Benjamin, ich liebe dich so.

Für die große Feier bereitet Benjamin eine Überraschung vor. Heimlich, hinter Runes Rücken.

Mehrfach hat er die kleine Kriemhild zu sich bestellt. Er spielt, sie singt. Benjamin übt mit ihr ein Lied ein.

Das Mädchen hat eine liebliche Stimme. Aber warum zittert es so? Ihm scheint, mit jeder Probe müsse Kriemhild heftiger um Atem ringen.

Fehlt dir etwas, Kriemhild?

Nur ein Blick zur Antwort. Und der ist ihm nahezu unheimlich.

Verlobungsfeier in Erlenbachs Räumen.

Mamsell steht breithüftig am Kochherd, eine Schürze vor das feine Kleid gebunden. Sie rührt in der Bratensoße, führt ab und an den Kostelöffel an ihren schiefen Mund.

Donnerlittchen, lobt sie sich, das hat Mamsell sauber hingekriegt.

Kurt steht neben ihr, beugt sich schnuppernd über die Bratenpfanne.

Eigenlob stinkt, sagt er gutmütig, dich sticht heut wieder der Hafer, Mamsell.

Die Tür zur großen Stube ist weit geöffnet, die Bude voll. Möbel zur Seite gerückt, inmitten die Festtafel. In gedämpftem Tumult sitzen die Gäste am Tisch, erwarten das Abendbrot. Bullrig eingeheizt der hohe Kachelofen im Raum, die erhitzte Luft duftet nach Zigarettenrauch und Fröhlichkeit.

Paul Erlenbach gefällt er nicht so recht, dieser Bräutigam. Feiner Pinkel, hält sich wohl für was Besseres mit seinen vornehmen Händen und dem Klimperkasten. Paul verzieht seine vollen roten Lippen, als habe er Saures gegessen. Viel zu alt für seine Rune. Er wirft Klarissa einen missbilligenden Blick zu. Die ist ja gleich Feuer und Flamme gewesen für den Herrn Musiker. Vielleicht hat sie einst selbst einen solchen Hallodri an sich rangelassen. Tja, wo die Liebe hinfällt.

Rune sitzt unter ihrem Mittelscheitel wie eine Blume am Tisch. Betaut von Wärme und Rauch, Wangenrot vor Aufregung. Nun soll sie ihn wirklich bekommen, diesen Wunderbaren. Klarissa hat ihr das hellblaue Taftkleid genäht, das Runes schlanke Gestalt umschließt. Unter dem wippenden Rock ein Petticoat, schwarzes Samtband um den Hals geschmiegt. Wie wird sie sich fühlen nachher, wenn es geschehen ist? Wenn Benjamin ihr den Ring aufgesteckt haben wird? Sie blickt zu ihm hinüber.

Benjamin steht mit dem Rücken zum Fenster, intoniert verhalten auf seinem Akkordeon. Neben ihm die Wunschen. Sie redet auf ihn ein, züngelt neben ihm wie ein Feuerschein. Rot das Haar, lila das Mal im Gesicht. Und zu allem ein schreirotes Kleid.

Wenn die nicht so ein zerknittertes Gesicht hätte, denkt Ida Erlenbach hämisch, könnte man sie für ein Flittchen halten. Eine Jahrmarktsbudenfigur. Sie dagegen ist doch...

Betupft mit einer Hand ihre Haarmatte, streicht über den dunklen Stoff ihres Kleides. Sie weiß eben, was sich gehört.

Aber sie winkt der Wunschen zu, neben ihr Platz zu nehmen. Lacht ihr entgegen.

Wer hätte das gedacht, Wunschen! Da werden wir auf unsere alten Tage verwandt – sozusagen.

Die Wunschen zieht die Nase kraus. Mit den Erlenbachs hatte sie nicht unbedingt aus einem Topf essen wollen. Doch wenn ihr Benjamin die Suppe einbrockt, muss sie wohl oder übel mit an den Tisch.

Sie hinkt hinüber, die Luft um sie scheint zu glühen von all dem Rot, und lässt sich neben Ida Erlenbach nieder. Ida neigt sich zu ihr, legt der Wunschen eine Hand ans Ohr und flüstert:

Nun müssen Sie uns aber sagen, wo er versteckt war.
Und die Wunschen, ebenso einen Handtrichter an Ida
Erlenbachs Ohr haltend, flüstert zurück:

Bei den Hottentotten.

Klarissa geht auf Stöckelschuhen auf und ab, selbst noch
jung wie eine Braut. Sie trägt Gläser herbei, stellt Flaschen
auf den Tisch. Sie zählt die Köpfe nochmals durch:
Jawohl, acht Personen. Merkwürdig, dass Rune Manfreds
kleine Schwester eingeladen hat. Soll man sie schon mit-
trinken lassen? Elf Jahre wird sie alt sein – oder schon
zwölf? Die blonde Kriemhild ist wie ein Frühlingstupfer
zwischen den Erwachsenen. Mamsell hat ihre Kinder
Zuhaus lassen müssen. Beide liegen mit Angina zu Bett.

Benjamin, ein Tusch!
Klarissa ruft es ihm zu, während Mamsell mit der Bra-
tenplatte hereinkommt. Hinter ihr Kurt mit seiner steilen
Welle auf dem Kopf. Er trägt Schüsseln mit Kartoffeln
und Sauerkraut. Und als jetzt Benjamin schwungvoll
Akkorde greift, lässt Kurt sein Eulenauge schnappen.

Guten Hunger, heißt es in dieser Runde.
Die Wunschen zieht die Nase kraus.

Nach dem Festessen stellt sich Kriemhild, birkenhell in ihrem Kleidchen, neben Benjamin Wunsch auf. Gefühlvoll greift der Musikerbräutigam in die Tasten, begleitet leise den schüchternen Gesang des Mädchens. Mit hoher Stimme setzt sie an:

So verliebt war ich noch niemals im Leben ...

Rune steigen Tränen in die Augen. Ganz genau das ist das Glück.

Ida Erlenbach sieht es blinken in Runes Augen. Ach Jott, denkt sie, die verdreht die Augen vor Liebe. Meechen, der ist doch keen Jott, der will was andres.

Und später, als die Ringe schon an den Fingern des Paares stecken, nimmt Ida Erlenbach den Mann zur Seite.

Du kriegst sie frisch vom Fass, raunt sie ihm zu, sei anständig zu dem Kind, Benjamin.

Das schwarze Bärtchen zuckt über seinem Lächeln.

Kriemhild lehnt sich sanft an Rune, legt ihr einen Arm um den Hals.

Es ist schon deine zweite Verlobung.

Rune begreift nicht sofort.

Mein Bruder, sagt Kriemhild traurig.

Rune lacht.

Das war doch Kinderei.

Und jetzt?

Kriemhild öffnet ihre hellen Augen so weit, dass Rune ihr bis ins Herz gucken kann.

Lass das, antwortet sie irritiert und schiebt das Mädchen von sich.

Wein ist zu ungewohnt. Ist auch zu teuer. Sie trinken Bier und Schnaps zur Verlobungsfeier.

Paul Erlenbach hält sich eben noch im Zaum, dem feinen Pinkel nicht seine Meinung über ihn zu sagen.

Die Wunschen, vom Alkohol noch heftiger befeuert in ihren Farben, glüht wie eine Fuchsie. Sie hält sich eben noch davor zurück, der Ida Erlenbach das Du anzubieten.

Und Klarissa hält sich nicht zurück. In einer Tanzpause, das Akkordeon hat Benjamin auf einem Stuhl abgestellt, findet Rune die Mutter in der Küche. Mit Benjamin. In langem Kuss.

Rune guckt und glaubt es nicht.

Und als ihr Benjamin versichert, dass es nur ein abermaliger Brüderschaftskuss war, glaubt Rune eben das.

So verliebt war ich noch niemals im Leben ...

Er wird wohl meinen, was er für sie auf dem Akkordeon

gespielt hat. Nur für sie.

Die Festivität steigert sich, Benjamin spielt zum Tanz auf. Die Holzdielen des Zimmers biegen sich unter den Füßen der Tänzer. Rufe hin und her, Stimmen wie Luftschlangen geworfen. Rune hält Kriemhild im Arm, schwenkt sie herum wie eine Puppe. Paul Erlenbach dreht sich mit der Wunschen, Höflichkeit muss sein. Und Kutte hat beide Hände auf Mamsells Hinterteil gelegt, so rollt er sie vor sich her wie einen Kürbis. Mamsell pfeift die Melodie mit, ihre schiefen Lippen flattern wie Fähnchen.

Es klingelt. Man hält inne. Rune öffnet die Tür.

Wie aus einer anderen Welt lächelt die Gambe mit dem dunklen Zopf zu Rune herüber.

Sie ist still, ganz still. Sie treibt ihr Küken ein.

Während die beiden davongehen durch den schummrigen Hausflur, lauscht Rune ihnen nach. Es ist, als ziehe ein Kahn in die Nacht hinaus auf sanften Wellen. Ein Kahn, der den Frühlingstupfer aus der Festrunde davonträgt.

Rune ist es schwer ums Herz. Sie möchte weinen.

Als sie in das überheizte Zimmer zurückkommt, hat jemand das Fenster geöffnet. Kühle Nachtluft strömt her-

ein, in wabernden Ballen zieht Rauch ab nach draußen.
Die Feier hält den Atem an, es ist still im Raum. Ein paar
Worte tröpfeln der Wunschen aus dem Mund:

Alt werde ich heute hier nicht mehr.

Benjamin lehnt zum Fenster hinaus. Als Rune leise hinter
ihn tritt, sieht sie vor dem schwarzen Novemberhimmel
sein Haar wehen. Nachtwind greift in die lockigen
Strähnen, schwenkt sie sanft. Rune zieht es das Herz
zusammen. Der große Mann am Fenster sieht aus, als
brauche er Schutz. Sie umfängt ihn, legt ihr Gesicht an
seinen Rücken. Benjamin befreit sich behutsam, zieht sie
heran zu sich, hält sie im Arm. So blicken sie gemeinsam
in die Nacht hinaus. Leicht berührt er mit einer Hand ihre
Brust.

Süße. Kommst du heut Nacht mit hinüber?

Und was sagt deine Mutter dazu?

Da lächelt er nur, küsst ihr Haar.

Meine Süße.

Klarissa Erlenbach schaut verstohlen zu dem Paar hinüber. Sie sitzt am Tisch, raucht eine Zigarette, nippt ab
und an von ihrem Schnapsglas. Ein pochendes Geräusch
im Kopf macht ihr bewusst, dass sie betrunken zu werden

beginnt. Der lange Kuss von Benjamin hat sie aufgewühlt, seit Jahren ist kein Mann in ihre Nähe gekommen. Rasch leert Klarissa ihr Glas, den Gedanken darf sie nicht zulassen. Sie ist in den Dreißigern, Benjamin nur wenig jünger als sie. Altersmäßig hätte er zu ihr besser gepasst. Doch ein Prinz kommt eben kein zweites Mal. Wenn der Erste sich davongemacht hat.

Die breithüftige Mamsell kommt aus der Küche herüber. Ihr Gesicht ist gerötet, der schiefe Mund schmunzelt vergnügt vor sich hin.

Kaffee, Herrschaften! Mamsell hat Kaffee gebrüht.
Auf einem Tablett bringt sie Teller und Tassen, Löffel, ein Milchkännchen, Zuckerdose. Setzt es ab auf der Festtafel, geht nochmals in die Küche. Sie trägt die rundbäuchige Bunzlauer Kanne vor der Brust, herbes Kaffeearoma durchzieht die Luft.

Wird kalt von draußen, ruft Mamsell den beiden am Fenster zu, macht mal dicht da!
Rune und Benjamin tauchen auf, schließen das Fenster.
Klarissas Blick springt zurück, heftet sich auf die Zigarette zwischen ihren Fingern. In ihrem Kopf dreht sich eine alte Melodie aus Jugendtagen: *Florenz hat schöne Frauen* …

Paul Erlenbach lässt seine schweren Lippen flattern, während er Mamsell dabei zuschaut, wie sie Teller und Tassen auf dem Tisch verteilt. Schließlich schenkt sie Kaffee ein, rundum. Ach, eine Tasse zuviel? Kriemhild ist ja gegangen, mag ein anderer die Tasse leeren.

Benjamin ist in die Riemen des Akkordeons geschlüpft. Steht wieder musizierend an seinem Platz.

So verliebt war ich noch niemals im Leben …

Danach tanzt man nicht. Getragene Akkorde. Kurt erhebt sich dennoch, stachelt zwischen zwei Fingern seine Haarwelle an, stramm zu stehen. Und verbeugt sich vor Rune.

Darf ich bitten, schöne Nichte?

Auch Rune hat getrunken. Sie muss lachen über den ritterlichen Onkel. Lässt sich durchs Zimmer schieben, taktlos, die Tanzfüße finden kein Gefüge.

Sofort, ruft Benjamin. Und er stimmt einen Tango an. Da wiegen sie sich. Kurts Knie knicken tief ein, Rune biegt sich weit in Kurts Arm zurück. Am Ende des Tanzes schließt Kurt sein Eulenlid.

Ida Erlenbach unter ihrer Haarmatte hat den Tanzenden zugeschaut. Über ihrer Nase hat sich ein roter Sattel gebildet, das Tröpfchen Schnaps ist ihr ins Blut gefahren.

Rune, ihre Rune. Soll nur ja gut zu ihr sein, dieser Musikus. Ida wirft der Wunschen einen misstrauischen Blick zu. Die ist eingenickt, das Kinn auf die Brust gestaucht. In all ihrem ramschigen Rot hat sie sich nicht wach halten können. Verächtlich wendet Ida Erlenbach sich ab.

Was die Wunschen wohl zu verbergen hat hinter ihrem Hottentotten–Gerede.

Schwankend erhebt sich Paul Erlenbach von seinem Stuhl. In seinem Rausch schwelt ein Gedanke, den er nicht klar zu fassen bekommt. Muss nicht? Da war doch? Richtig. Eine Festrede fehlt. Da will er mal.

Er klopft mit einem Teelöffel gegen einen Tassenrand.

Pinglong. Pinglong.

Benjamin schiebt das aufseufzende Akkordeon in Ruhestellung. Aller Augen auf Paul Erlenbach gerichtet. Er steht da, behäbig in den Hüften, seine vollen roten Lippen wollen Worte formen. Kommen jedoch nicht an gegen das Drehen in seinem Kopf. Und Paul Erlenbach sinkt auf seinen Stuhl zurück, der Löffel scheppert ihm aus der Hand.

Pinglong.

Die Wunschen fährt erstaunt aus ihrem Schlummer auf.

Benjamin hat sein Bett aufgedeckt, und Rune ist schlagartig nüchtern geworden. Befangen steht sie vor der Staffelei, auf der eine halbfertige Gewitterlandschaft lehnt.

Komm, Süße, ich helfe dir.

Rune hat Angst und ein ganz klein wenig Verlangen. Sie hat es sich oft schon vorgestellt, es manchmal unter Benjamins Küssen herbeigesehnt. Jetzt zittert sie. Der blaue Taft ihres Kleides bebt.

Tut es sehr weh?

Ihre bange Frage rührt ihn, und Benjamin umarmt sie sacht.

Ich werde ganz behutsam sein, mein Kleines.

Mit bebenden Fingern löst er die Haken aus den Ösen ihres Kleides. Den Petticoat streift Rune selbst ab. Ihre junge Haut ist heiß unter seinen Händen. Benjamin legt eine Kussleiter von Runes Handgelenk über den Unterarm, über die Ellenbeuge bis zur Schulter hinauf. Dann springt sein begehrlicher Mund ihr an den Hals, schmiegt sich ihr ins Ohr. Rune schlingt die Arme um ihn, gibt nach.

Du mein Lieber, Lieber.

Er trägt sie zum Bett, federnde Schritte. Hält Runes angewinkelte Beine im Arm. Er ist ernst, ganz bei der Sache.

Sein schmaler Bartstrich zuckt nervös. Rune erschauert, als sie das kühle Bettzeug berührt.

Benjamin?

Ja?

Mach das Licht aus.

Im Dunkeln legt er sich zu ihr, streichelt sie, atmet erregt. Rune weicht ihm aus, schmiegt sich an ihn, alles in einem.

Sag mir was, bittet sie flüsternd.

Ja, meine Süße, ich liebe dich.

Der Schmerz ist heftig und kurz, Rune beißt die Zähne zusammen. Und gleich darauf rast sie vor Lust. Sie, die den Wind fangen kann, hält nun den Sturm umschlossen.

Als Rune erwacht, steht grau der Novembermorgen vor dem Fenster. Sie hört das langgezogene Tuten eines Schiffes, das flussab zieht. Dieser fernsüchtige Laut macht Rune die eigene, enge Geborgenheit bei Benjamin bewusst. Sie lächelt in sich hinein. Sie betrachtet sein Gesicht, das neben dem ihren auf dem Kissen ruht.

Benjamin schläft noch. Wehrlos liegt er da, bleich, über Nacht ein wenig älter geworden. Rune betrachtet versunken diesen Mann, der nun für immer ihr gehört. Vor Glück steigen ihr Tränen in die Augen.

Er hat Blumen für sie hingestellt.

Vorsichtig, um ihn nicht zu wecken, wendet Rune den Kopf. Auf dem Hocker neben der Staffelei Rosen. Mann aus dem Wind, wo hast du die her im November?

Rune schließt die Augen, und die Melodie des vergangenen Festes zieht ihr durch den Sinn.

So verliebt war ich noch niemals im Leben ...

Sie braucht nur die Rosen anzuschauen, um es glauben zu müssen.

Als sie etwas später abermals erwacht, ist Benjamin fort. Die Tür zur Küche ist angelehnt, und Rune lauscht. Sie hört ihn nebenan mit der Wunschen sprechen. Seine Stimme klingt fremd, zu dieser Stunde hat Rune sie noch nie gehört.

Und dann kommt er mit einem Frühstückstablett.

Wie im Kino, denkt Rune.

Nach dem Bettfrühstück lieben sie sich. Frisch und herzhaft kann Rune es schon beim zweiten Mal, Benjamin sagt es ihr in überströmender Freude.

Wunderbar, Süße, wunderbar!

In ihrem hellen Eifer hält Rune plötzlich inne.

Du siehst dich doch vor?

Natürlich.

Er ist doch der Mann aus dem Wind.

Später albern sie in Babysprache. Rune ist entzückt, dass er mitmacht. Er, der so erwachsen ist. Bis Rune ihn fragt:

Sag mir jetzt, wo ist mein Kleiner gewesen so lange, lange Jahre ohne seine Süße?

Nein, er schüttelt den Kopf.

Ich muss es aber wissen.

Rune ist ernst geworden.

Wenn du es wissen musst, dann sag ich's dir.

Er lächelt, und sein Bärtchen zuckt.

Ja?

Erwartungsvoll stützt Rune sich auf die Ellbogen, das Kinn in einer Hand.

Soll ich raten?

Meinetwegen.

Du bist ein Findelkind?

Hmhm.

Du warst in Kriegsgefangenschaft?

Hmhm.

Deine Mutter hat dich weggegeben?

Hmhm.

Wohin?

Zu den Hottentotten, sagt er verschmitzt.

Eine kleine, harmlose Wut schnellt in Rune auf.

Ach, du schwindelst, Benjamin.

Sein Bärtchen über den weißen Zähnen:

Das hab ich bei den Hottentotten gelernt.

Sie steht auf der Plattform des Straßenbahnwagens, Schiffchenmütze auf dem Kopf, den Münzwerfer vor der Brust. Die Bahn rattert durch den zeitigen Wintermorgen, noch dunkel der Himmel. Rune hält sich am Handgriff fest, lehnt sich leicht ins Freie. Kalter Hauch strählt ihre Locken, sie flattern im Wind. Übermütig schreit sie die Dunkelheit an:

Ich bin es! Ich! Ich fange dich wieder, Wind!

Berauscht von Kälte und Gefühlsaufruhr, dass die Welt des Theaters sich ihr öffnen wird, ruft Rune ihren Rollentext in den Himmel:

Heraus in eure Schatten, rege Wipfel,

des alten, heilgen, dichtbelaubten Haines …

An der nächsten Haltestelle drängen mürrische Fahrgäste in den Wagen.

Rune zwickt Fahrscheine, Rune nimmt Geld entgegen. Und niemand sieht ihr etwas von dem Zauber an, auf den sie zulebt.

Sie breitet die Arme, muss zwangsläufig ihre Hände sehen lassen:

Heraus in eure Schatten, rege Wipfel …

Vor ihr im Sessel sitzt der weißhaarige Mime und schaut ihr aus strahlenden Blauaugen zu. Er blickt zu dem jungen Mädchen auf, das mit spröder Stimme die Iphigenie spricht. Rune ist versunken in ihren Rollentext; seit drei Monaten nimmt sie Schauspielunterricht. Kostenlos. Der Herr mit dem noblen Kopf hat ein Gespür für Begabungen. Dieses Kind ist wie geschaffen fürs Theater. Und er bereitet Rune für die Aufnahmeprüfung an der Schauspielschule vor. Wie aber wird es gehen mit diesen Händen?

Den goldenen Ring an ihrem Finger erblickt er zum ersten Mal.

Verlobt?, fragt er in einer Spielpause.

Rune wird feuerrot.

Ja.

Der alte Mime lächelt fein, streicht über sein silbriges

Haar, glättet es am Hinterkopf.

Und? Ist der Bräutigam vom Fach?

Musiker.

Das passt ja.

Und ob das passt. Rune hängt sich ihrem Benjamin an den Hals.

Bitte, mein Liebster, bitte. Kannst du nicht, wenn ich erst bei der Bühne bin, in einem Theaterorchester spielen?

Nein. Das wird auch nicht sein.

Sie löst ihre Arme von ihm.

Was – wird nicht sein?

Er lacht sie freundlich und gutmütig aus.

Süße. Ich sage es dir nicht gern. Aber bedenke doch: deine Hände.

Verletzt kehrt sie sich von ihm ab, schaut blicklos auf das Ölbild auf der Staffelei.

Na und, stößt sie hervor. Du weißt ja, dass ich Schauspielunterricht bekomme. Ich bin sehr begabt, sagt er. Sehr. Und einen Vorsprechtermin für die Schauspielschule habe ich auch. Gönnst du mir das nicht?

Benjamin überhört das, geht darüber hin.

Du musst doch begreifen, Benjamin. Du – selbst ein

Künstler. Liebst du deinen Beruf nicht auch?

Ja, weicht er aus, aber das ist etwas anderes. Du bist doch ein anständiges Mädchen, Rune.

Er nähert sich ihr, nimmt sie in die Arme. Rune lehnt ihren Kopf an seine Schulter.

Deswegen kann ich doch Schauspielerin werden.

Warten wir die Prüfung ab, Süße. Die Leute dort werden vernünftig sein.

Wie vernünftig?

Du bist ein liebes Kätzchen, Süße. Du kannst dich doch gar nicht verstellen.

Verstellen? Theater will ich spielen.

Das ist doch dasselbe.

Jetzt packt Rune heller Zorn. Er traut es ihr nicht zu, das ist es. Er glaubt nicht an ihre Begabung.

Du wirst schon sehen, dass ich kann! Du redest ja – du redest ja wie früher Manfred. Dabei hab ich schon als Kind - dabei hab ich schon als Kind mit diesen Händen Wind gefangen!

Benjamin ist entzückt von der dunklen Fackel, die da vor ihm lodert. Er tritt auf sie zu, streicht Rune übers Haar.

Ist ja gut, Süße. Ist ja gut. Jetzt hast du *mich* gefangen.

Sie schluchzt.

Du bist aus dem Wind gekommen, entgegnet Rune, darum hab ich dich ja.

Sie schaut ihm ins Gesicht.

Und nicht von den Hottentotten, du Lügner.

Benjamin tupft auf ihre kleinen Brüste, er ist zärtlich wie kaum. Sein Finger gleitet in Runes Brustmitte.

Und was hast du da?

Sie ist benebelt, ist berauscht von ihm.

Siehst du nicht, dass es Dreiäuglein ist?

Er legt seinen Mund auf die Narbe.

Ich sehe es, Süße. Hat es weh getan?

Rune verdreht die Augen, warum fragt er so falsch?

Zum Fenster schaut der kalte Dezembermond herein.

Abends nimmt er sie mit in die Tanzbar, in der er spielt. Rune trägt ein Schottenkleid, das Klarissa für sie genäht hat. Tief unter der Hüfte springen Falten auf aus einem Bund, schwarz–rot kariert. An den Beinen Nylonstrümpfe, schattenfarben, streng geradegezogen die Nähte über den Waden. In ihren schwarzen Samtpumps fühlt sich Rune sicher wie zu Haus. Ihr Gang ist anmutig, sagt Benjamin.

Sie sitzt an einem Tisch in Nähe der Kapelle. Ihre Blicke hängen an Benjamin. Wie hell er aussieht. Dieser Mann ist wie ein Leuchtturm, so verlässlich und stark. Und sie ist ein Schiff, dem er heimleuchtet.

Junge Männer kommen, verneigen sich, tanzen mit ihr. Nicht jeder bemerkt es. Doch manch einer schaut befremdet auf die Mädchenhand, die er beim Tanz in der seinen hält.

Rune nimmt es hochmütig hin. Die alle wissen nicht, wer sie sein wird. Bald.

Und nach jedem Tanz mit einem Fremden droht Benjamin ihr scherzhaft mit dem Finger. Sie lacht. Aber sie sieht ihm an, dass er ernst machen könnte.

Rasch einen kühlen Schluck Wein in den Mund nehmen. Rune schluckt ein leises Unbehagen hinunter.

Die Wunschen lässt Benjamin keine Kohlen heraufholen. Sie plagt sich selbst, um seine Künstlerhände zu schonen. Knickt mit ihrem Hinken treppab, über den kalten Hof, in den Kohlenstall. Stapelt in den Eimer hinein, zählt ab. Und ihr roter Schopf knistert vor Mühe, wenn die Wunschen mit gefülltem Kohleeimer den Weg zurück in die Wohnung nimmt. Ihre Hände sind blaurot vom Frost, ihr

Mal im Gesicht hat annähernd die gleiche Farbe. Die ganze Frau ein Irrwisch, eine seltsame Mutter, verbeult von ihrer steinharten Liebe zum Sohn.

Und Benjamin sieht zu?

Ja. Er hat den Schlapphut auf.

Du hast ihr nichts verraten?

Die Wunschen sitzt mit Benjamin am Küchentisch beim Frühstück. Sie hat den Kochherd geheizt, auf der glutroten Eisenplatte blubbert Wasser vor sich hin. Rasierwasser für Benjamin, den Einzigen.

Aus Rune macht die Wunschen sich wenig. Sie ist unter Benjamins Stand, die ganze Erlenbachsippschaft. Doch um des Sohnes willen muss sie diese ungeliebte Bindung dulden.

Du meinst?, fragt Benjamin zurück und hebt seine Kaffeetasse an den Mund. Die Wunschen nickt ihm aufmunternd zu.

Das meine ich.

Er lächelt sein Schmalbartlächeln, die tadellosen Zähne beißen in Brot.

Keine Sorge, sagt er kauend, kein Wort, Mutter. Nur die Hottentotten.

Die feinen Falten in ihrem Gesicht werden tiefer im laut-
losen Lachen. Sie klatscht in die Hände.

Bravo, mein Junge.

Und sie beugt sich über den Tisch ihm entgegen, ihr
Rotschopf sprüht Funken vor Vergnügen. Sie feixt.

Mein olles Hottentottenkind!

Es schneit in dichten Flocken. Schon mittags ist der düs-
tere Dezembertag abendfarben, schwer hängen Wolken
herab.

Mamsell, breithüftig in ihren Wintermantel gezwängt, ein
wollenes Tuch um den Kopf gebunden, schiebt Schnee.
Gefügig liegt ihr der Holzgriff in den derben Händen, sie
geht mit dem Kraftaufwand einer Lokomotive zu Werk.
Eben hat sie einen schmalen Fußweg vom Hauseingang
zur Straße frei geschoben und betrachtet zufrieden die
aufgeworfenen Schneewälle zu beiden Seiten des Weges.
Dieser Winter, kein Ende. Wochen und Wochen kann das
noch dauern.

Die Haustür quarrt, Rune tritt heraus. Sie trägt ihre
Dienstuniform, und Mamsells schiefer Mund lacht ihr
breit entgegen.

Arbeiten gehen?

Rune nickt, schlägt den Mantelkragen hoch. Sie wirft einen Blick zum verfinsterten Himmel.

Hört das nicht endlich auf?

Mamsell schüttelt den vermummten Kopf.

Habt ihr noch Kohlen genug? Bei uns wird's knapp.

Darüber denkt Rune, die für nichts als künftiges Glück verantwortlich ist, nicht nach. Sie zuckt mit den Schultern, kommt die Stufen herab.

Heraus in eure Schatten, rege Wipfel …

Noch wenige Wochen, und sie wird in der Schauspielschule vorsprechen.

Mamsell packt sie am Arm, rüttelt am Bäumchen.

He! Wo bist du denn mit deinen Gedanken? Nichts als die Liebe im Kopf?

Rune, unter ihrer Schiffchenkappe, lächelt vage. Sie schüttelt den Kopf, blickt ins Schneegestöber. Wie soll sie der Tante erklären, dass sie selbst in einer anderen Welt ist?

Ach, Mamsell. Wenn du wüsstest.

Was denn? Geheimnisse?

Rune gibt Mamsell einen Kuss auf die frostrote Wange und geht.

Kann ihr doch nicht sagen, dass sie eine Windfängerin ist.

Mamsell blickt ihr nach. Bisschen überkandidelt, das Mädchen. Da sind ihr die eigenen Rotznasen lieber.

Macht sich wieder an die Arbeit, der freigeschaufelte Weg ist wieder leicht beschneit. Sie greift zum Reisigbesen, fegt. Plötzlich steht ihr Kriemhild gegenüber. Sie ist in weiße Wolle gehüllt, auf dem Kopf ein spitzes Mützchen. Kriemhild sieht aus wie ein Zuckerhut.

Na, macht Mamsell, wo willst du denn hin?

Nirgendwo.

Na, da bist du hier richtig.

Und während Mamsell ihre unterbrochene Arbeit wieder aufnimmt, sagt Kriemhild, weshalb sie gekommen ist.

Hundevater ist tot.

Sein zahnloser Spitz hat gejammert. Schließlich die Nachbarschaft aufgestört mit seinem Jaulen.

Nachdem man die Wohnungstür aufgebrochen hatte, fand man ihn auf dem Fußboden liegend: Zusammengerollt in seinem braunen Wintermantel, Hundevater, neben dem verlassenen Hund.

Kriemhild hebt die Hände, sie stecken in weißwollenen Fausthandschuhen. Formt in der Luft einen Ring.

So soll er dagelegen haben, sagt sie, wie eine Garnrolle.

Was?

Mamsell guckt das Kind an, das da weiß im Schnee vor ihr steht.

Und deswegen kommst du hierher?

Ich wollte es Rune erzählen.

Mamsell wischt mit der Faust unter der Nase hin.

Die ist eben weg.

Kriemhild steht wie ein Eiszapfen. Nur ihre hellen Augen sind lebendig.

Eben weg? Wiederholt sie in fragendem Tonfall. Meinen Bruder hat sie auch verlassen.

Kriemhild senkt den Kopf, stochert mit ihrem Schuhabsatz im Schnee.

Hätte ich an ihrer Stelle auch gemacht, für den schönen Benjamin.

Mamsell horcht auf. Sehnsüchtiger Neid in der Mädchenstimme?

Na, na, Fräulein, sagt Mamsell rau, was für Töne. Sind wir nicht ein bisschen zu jung für solches Gesäusel?

Da fängt das Kind wahrhaftig an zu weinen.

Ratlos fragt Mamsell:

Ist es so schlimm?

Kriemhild wehrt sich, stößt heftig hervor:

Das ist nur wegen Hundevater!

Sie springt davon, ein Hündchen, und Mamsell blickt ihr hinterdrein. Gedankenvoll stülpt sie die Lippen auf. Verliebte Göre, nicht zu fassen.

Und während sie Reisigbesen und Schneeschieber abklopft, sieht sie den Mädchenherzverführer vor sich. Schüttelt verständnislos den Kopf. Der ist doch jetzt schon alt mit seinen dreiunddreißig Jahren. Hochglatze mit Haarfäden dran. Gottogott. Sehen denn die Mädels das nicht?

Mamsell stampft auf.

Er hext mit seiner Musik. Das wird es sein.

Kurt, Kutte, hat seine Welle im Haarnetz gebändigt. Die braune Zwirnhaube hindert ihn nicht, abends im Bett mit Mamsell ein wenig zu schäkern. Nicht zu sehr. Darüber sind sie hinaus.

Er gibt ihr zwei Triller auf die Brüste. Sie schnurrt.

Na, Katzekin? Was war denn heute?

Mamsell überlegt Augenblicke, sagt dann:

Denk mal. Die jungen Weiber sind verrückt nach dem Sohn von der Wunschen. Verstehst du das?

Er schnuppert an ihrem Hals. Abwaschgeruch. Küche.

Ernüchtert wirft er sich auf den Rücken.

Wer weiß, wie er riecht, antwortet Kurt. Vielleicht zieht sein Geruch die Weiber an.

Sein Duft umgibt sie, auch wenn Benjamin nicht bei ihr ist.

Rune schläft in ihrem Bett, das Aroma von Zimt und Seide in der Nase. Seide riecht wolkenfarben. Sie drückt ihr Gesicht fest ins Kissen, wickelt sich hinein. Ganz so fühlt es sich an, wenn man den Wind umarmt.

Sie soll sich etwas zu Weihnachten wünschen. Liebe und ewige Treue, das hat sie schon. Nun ein Dingwort, etwas zum Anfassen. Rune stellt sich einen Armreif vor, silbern. Wenn sie ihn überstreifen würde, hätte sie ein Gefühl von Dauer. Von Helligkeit. Auch von Fesselung, aber die will sie ja. Benjamin immer und immer.

Rune schreckt noch einmal auf. Ist der Wecker gestellt? Morgen muss sie schon früh um vier auf der Straßenbahn stehen. Und nachmittags fährt sie zum Schauspielunterricht. Der Auftrittsmonolog der Iphigenie zieht ihr durch den Sinn.

Heraus in eure Schatten …

Sie schläft ein.

Benjamin aber denkt anders. Er schenkt seiner Verlobten zu Weihnachten ein Paar Handschuhe. Fingerhandschuhe aus braunem Leder.

Rune errötet, spielt ihm Freude vor. Sie ist verlegen vor diesem Geschenk, das peinlich auf ihre Hände anspielt. Was soll sie damit?

Die Mutter ist findig, sie hilft. Klarissa Erlenbach holt ihre Wattetüte hervor und stopft die beiden Handschuhfinger, die leer bleiben müssen, mit Wattebäuschen aus. Sie macht das geschickt, indem sie einen hölzernen Kellenstiel benutzt. Mit dem dreht und drückt sie die falschen Finger zurecht.

So müsste es gehen.

Rune probiert.

Es geht.

Sie wird sich das für spätere Theaterrollen merken.

Aus den kleinen zugedeckten Töpfchen, die Mamsell einst auf der Fensterbank abstellte, als sie heimkam, sind robuste Kinder geworden. Der blonde Rolf ist zu einem Maurerlehrling herangewachsen, der nur im Schneckentempo lernen kann. Mamsell trillert ihm mit den Fingern gegen seine harte Nuss.

Willste plemplem bleiben? Unmöglich, du Gör.

Karin schaut argwöhnisch zu. Irgendeinen Grund wird Mamsell schon finden, auch an ihrer Rübe die Finger tanzen zu lassen.

Schnell stopft sie sich etwas Essbares in den Mund und zieht ihr Rotzlicht hoch.

Kriemhild hakt sich an Runes Arm, ihre blauhellen Augen betteln.

Erzähl mir was von ihm.

Sie gehen durch den Schnee, es ist der vorletzte Tag des Jahres. Kriemhild begleitet Rune zum Straßenbahndepot.

Warum fragst du ihn nicht selbst?

Kriemhild errötet.

Das geht doch nicht.

Rune denkt nach, sagt dann:

Schlag ihn dir aus dem Kopf, Kriemhild. Er ist doch ein erwachsener Mann und könnte dein Vater sein. Und ich habe Benjamin doch schon.

Ich will nur von ihm hören.

Kriemhild macht sich los, zieht das weiße Wollmützchen fest über die Ohren.

Bitte, Rune. Wenn ich doch nicht anders kann. Dich hat

Benjamin ja auch verhext.

Du hast recht, entgegnet Rune erstaunt, er hat eine Macht über mich, als wenn er ein Hexer wäre.

Siehst du, sagt Kriemhild traurig, du auch. Meinst du, dass seine Musik ihn so mächtig macht?

Er ist aus dem Wind gekommen, erwidert Rune, das ist es. Immer hab ich das Gefühl, alles um ihn weht und versüßt die Luft. Er hat diesen Mantel, weißt du, und er hat diesen Hut. Und hast du einmal seine Finger angeschaut? Und sein buntes Haar? Du kannst mir glauben, Kriemhild: Wenn er schläft, ganz tief, ist sein Gesicht fremd, wie unter Wasser. Als sei er in sein Zauberreich getaucht.

Genau so stell ich ihn mir vor, flüstert Kriemhild andächtig, und dann hast du Angst, ob er auch wieder zurückkehrt zu dir, stimmt es?

Es stimmt.

Aber wo er früher einmal war, bevor er herkam: Weißt du das?

Rune runzelt die Stirn.

Natürlich weiß ich das. Bei den Hottentotten.

Wo ist denn das?

Rune hat es plötzlich eiliger, schickt Kriemhild auf den Heimweg.

Frag ihn selbst, den Hexer.

Silvesterabend, sie beide allein in Benjamins Zimmer. Auf der Staffelei lehnt eine neue Gewitterlandschaft.

Sie sitzen auf dem Bett, haben süßen Wein in ihren Gläsern, prosten sich zu.

Auf dich, meine Süße.

Die Wunschen hat ihnen Heringssalat hingestellt, den sollen sie vor Mitternacht essen. Sie selbst hat ihren feurigen Schopf gestrählt und ist zu den Erlenbachs hinübergehinkt. Zwar zieht sie die Nase noch kraus über diese Muschpoke. Aber feiern können die, das muss man ihnen lassen.

Benjamin erhebt sich, setzt sein Glas auf den Tisch. Er schaltet das Radio ein, sucht Tanzmusik. Dann verneigt er sich vor ihr, groß und schlank, eine betörende Hand aufs Herz gelegt.

Darf ich bitten, Schönste.

Rune trinkt seinen Anblick, als ströme ein ganzer Fluss über sie hin. Dieser wunderbare, wunderbare Mann. So zart, wie er sie in den Arm schließt. Sein Duft. Das einzig Freche an ihm: Sein Bärtchen, das über der Oberlippe schwimmt. Rune sinkt an ihn hin vor Liebe, vor leidenschaftlichem Verlangen.

Du, stammelt sie, du, du.

Er greift ihr unters Kinn, hebt ihr Gesicht zu sich empor.

Würdest du für mich alles tun?

Alles, flüstert Rune ergriffen.

Und, ganz im Banne ihrer Hexers, fügt sie dennoch hinzu:

Fast alles.

Schnee über Schnee. Klirrende Januartage, frosthell, das Heizmaterial knapp. Ida Erlenbach schleppt Kohlen und Holz aus dem Stall in die Wohnung hinauf. Ihre Haarmatte scheint zu gilben unter der wölkenden Asche, die sie täglich aus Herd und Öfen schaufelt. Paul trägt schwarze Ohrenklappen, wenn er früh zur Arbeit stampft. Die Atemfahne vor dem Mund scheint zu einer dünnen Scheibe Eises zu gefrieren.

Seit zwei Wochen hat sich die kleine Kriemhild nicht bei Rune blicken lassen – und kam doch sonst so oft. Rune hört, dass Kriemhild krank sei, mit einer Lungenentzündung zu Bett liege. Sie kauft ein Alpenveilchen und besucht sie.

Die Gambe mit dem dunklen Zopf öffnet ihr leise die Tür. Sie hat ein schwarzes Wolltuch um die Schultern geschlungen, im schweren Zopf auf dem Rücken leuchtet ein rotes Samtband. Rune erkennt sofort die Landschaften wieder, Bäume und Blumenornamente, welche sich heimatlich in den Zopf schmiegen.

Die Gambe legt einen Finger auf den Mund.

Sie schläft.

Führt Rune in das Zimmer, in dem Kriemhild im Bett liegt und ihnen groß entgegenblickt. Das blasse Gesicht ernst, ein wehmütiges Leuchten in den blauen Augen.

Du schläfst nicht?, fragt die Gambe mit dem dunklen Zopf.

Rune stellt das Alpenveilchen auf den Nachttisch, Kriemhild streckt ihr ein mageres Händchen entgegen.

Sie hat Fieber, sagt die Gambe.

Kriemhild lächelt und schüttelt sacht den Kopf.

Ich hab Liebe, sagt sie still.

Rune beugt sich über sie, streicht ihr das Haar aus der Stirn.

Ist es der Hexer?, flüstert sie. Der Mann aus dem Wind?

Die Gambe mit dem dunklen Zopf verlässt das Zimmer, um Tee für die beiden zu kochen.

Kriemhild liegt da, eine winzige Frau, mit tragisch verzichtendem Gesicht.

Tag und Nacht, sagt sie, immer und immer. Ich weiß nicht, wie ich ohne ihn sein kann.

Und als Rune sie besorgt anschaut:

Nein, Rune, ich nehme ihn dir nicht weg.

Und Kriemhild erlischt. Hat ihre vergebliche Liebe nicht aushalten können.

Auf dem Papier heißt es, sie sei an Lungenentzündung gestorben. Entzündet war ihr Herz, so jung.

Die Gambe mit dem dunklen Zopf hüllt sich in unerschütterliche Trauer. Sie schreit nicht, sie wehklagt nicht. Versucht nicht, an den Festen der Welt zu rütteln. Sie hat ihr liebes Kind verloren, ihre Tränen fließen ohne Reue. Sie hat an Liebe nichts versäumt.

Manfred ist da. Die Gambe mit dem dunklen Zopf weiß jetzt zu schätzen, dass er ein Dutzendjunge geworden ist. Er packt zu, er hilft ihr bei allen Formalitäten. Er nimmt ihr den Ämterteil der Trauerarbeit aus den Händen. Ist ein treuer Sohn.

Und kein Vater kommt? Ach, der ist gefallen.

Auf dem Friedhof steht ein kleines Trüppchen. Januar, der Boden tief gefroren. Das ausgehobene Grab sieht trostlos aus.

Die Gambe mit dem dunklen Zopf kann nicht mehr klingen. Sie ist stumm vor Leid. Sie trägt einen schwarzen Schleier vor dem Gesicht, der vom Hutrand bis zur Kinnspitze herabhängt. Dicht neben ihr Manfred, in dunklem Ulster, breit geworden, fast ein Mann. Er wagt nicht, den Arm seiner Mutter zu berühren. So sehr hat sie sich zurückgenommen in sich selbst. Als sein Blick kurz Rune streift und sie ihn gleichfalls ansieht, nicken sie einander zu. Zigeunerprinz und Dreiäuglein, es war einmal.

Haben sie alle das Kind gemocht? Sie sind zu seinem Sarg gekommen, Abschied zu nehmen.

Als schäme sie sich ihres Feuerschopfes bei so traurigem Anlass, hat sich die Wunschen den Kopf mit einem dunklen Schal verbunden. Regelrecht verbunden. Eine verwundete Kriegerin, so ist sie herbeigehinkt. Ihre Erscheinung hat bei Ida Erlenbach und Klarissa Befremden ausgelöst. Guck dir die an, raunt Ida hinter vorgehaltener Hand Klarissa zu, die Wunschen wird wunderlich.

Klarissa tritt von einem Fuß auf den anderen. Ihr ist peinlich, dass die Mutter ihr etwas zuflüstert. Abweisend zischt sie:

Jetzt doch nicht, Mutter. Sei still.

Ida Erlenbach gibt Klarissa einen Blick, der ist wie ein Knuff in die Rippen. Verstell dich nur, Zimperliese.

Sie wendet sich beleidigt ab. Ihre Haarmatte ist frisch gewaschen, seidig liegt das matte Grau auf ihrem Kopf. Alle Asche weggespült für diesen Tag.

Sogar Paul Erlenbach ist unter den Trauergästen, er hat in der Fabrik seine Schicht getauscht. Behäbig in den Hüften steht er in schäbigem Mantel da, beide Hände in die Taschen geschoben. Ohrenklappen, Schiebermütze auf dem Kopf. Sein voller roter Mund ist hartnäckig geschlossen. So gehört es sich. Kurt hätte sich ein Beispiel an ihm nehmen sollen. Aber nein: Er musste zur Arbeit gehen.

Abgesandt von diesem Zweig der Familie nur Mamsell. Sie trägt einen Kranz vor der Brust, scheint sich nicht von ihm trennen zu können. Manfred, der den schiefen Mund Mamsells betrachtet, geht ein frecher Gedanke durch den Kopf. Ob das vorigen Monat noch ihr Adventskranz war? Er ruckt mit den Schultern, um sich zur Ordnung zu rufen. Es ist fesselnd, Mamsells Tränenstrom zu betrachten. Sie heult unentwegt und lautlos, als habe sich eine Schleuse geöffnet. Kein Ton dabei. So unangemessen, als trage sie ihre gesamte Sippe zu Grabe.

Völlig verloren ein altes Paar, als sei es nur zufällig des Wegs gekommen. Beide dunkelgrau gekleidet, gleich groß, gleich zerknittert in den Gesichtern. Es sind die Eltern der Gambe mit dem dunklen Zopf. Nie gesehen. Als *er* fast tonlos hüstelt, zupft *sie* ihm seinen Schal dichter um den Hals.

Benjamin wollte nicht. Aber Rune hat ihn überreden können, mitzukommen zur Beerdigung. Da steht er, mit wallendem Mantel und Hut. Ganz so, wie sie ihn aus dem Wind bekommen hat. Begreift er denn? Rune mustert ihn von der Seite. Kriemhild ist zerbrochen, Benjamin.
Schwarz steht sein Bartstrich im Gesicht, einziges Zeichen von Trauer.

Schleppend schleicht sich der Januar davon. Der Februar beginnt mit milderem Wetter.
Rune vertieft sich in ihr Rollenstudium. Zwei Wochen noch, dann ist der Prüfungstag.
Jeden dritten Tag fährt sie zu dem alten Mimen, der mit ihr probt. Die Iphigenie sowieso.
Außerdem soll Rune den Puck und das Gretchen spielen, Kerkerszene. Sie springt als Geisterlein umher, sie leidet

eindrucksvoll Gretchens Qualen. Ihr Lehrer ist beglückt: Toi, toi, toi, mein Kind. Das wird was.

Dorthin begleitet Benjamin sie nie. Holt sie auch nicht ab. Es ist, als gäbe es diesen Teil ihrer Zeit nicht für ihn. Auch das Prüfungsdatum merkt er sich nicht, fragt Rune immer wieder danach.

Er wirkt zerstreut, dann wird er ungeduldig. Zu oft muss Rune von ihm fort, zu dem Theaterfritzen.

Wenn das nur erst ein Ende hat, sagt er.

Was meinst du?

Dass diese Prüfung da vorüber ist.

Rune stutzt, lacht.

Dann geht es doch erst richtig los!

Das wollen wir nicht hoffen.

Hört Rune die leise Drohung? Ach, sie vertraut auf seine Liebe. Und sie fiebert in Vorfreude auf ein Leben zu, das sie dem Theater verschrieben hat.

Am Vorabend des Prüfungstages flattert Benjamin in Mantel und Schlapphut durch die Straßen Köpenicks. Vor Ladenschluss hat er sich darauf besonnen, am Abend ein wenig mit Rune zu feiern: Er besorgt süßen, schweren Wein.

Lieber morgen, wendet Rune ein, wenn alles überstanden ist.

Nein, heute.

Er schnurrt ihr ins Ohr, sein Bärtchen bebt.

Heute, heute sehne ich mich nach dir.

Rune, weichgeflüstert, gibt nach.

Wie sehr ihn das freut, wie sehr. Erstaunt sieht Rune, wie er einen Luftsprung macht. Rumpelstilzchen.

Das passt nicht zu dir, Benjamin.

Ach, wie gut, dass niemand weiß, beginnt er zu singen, *heute back ich, morgen brau ich* ...

Er schenkt Rune Wein nach, in allzu kurzen Abständen. Sie trinkt. Irgendwann, nach dem dritten oder vierten Glas, beginnt sich Benjamins Zimmer um sie zu drehen. Die Staffelei schwankt auf sie zu.

Als sie sich an Benjamin klammert, begegnet sie seinem forschenden Blick. Was sie darin liest, will Rune nicht glauben. Warum hat er das nötig, sie ist ihm doch ganz ergeben.

Benjamin will sie betrunken sehen. Ausgerechnet heute.

Er wirft sich über sie, Rune meint zu ersticken. Seine jähe Wildheit macht sie wach in ihrem Rausch. Benjamin, der

Mann aus dem Wind, kämpft. Kämpft gegen Windmühlenflügel. Er hat Rune doch längst bekommen. Warum ist er wie rasend?

Sie macht sich frei von ihm, steht schwankend im Zimmer. Sammelt ihre Sachen zusammen, kleidet sich an. Als sie ihren Mantel überwirft, schnellt Benjamin hoch. Fordernd sitzt er auf dem Bett, das Haar zerzaust.

Du bleibst.

Rune schüttelt den Kopf.

Liebster. Ich muss nach Haus, ich brauche Schlaf. Morgen ist meine Aufnahmeprüfung.

Er presst die Lippen unter seinem Bartstrich fest aufeinander.

Das werden wir noch sehen.

Als er nach ihr haschen will, ist Rune schon bei der Tür.

Schlaf gut, Benjamin. Drück mir die Daumen.

Rune stolpert in die Küche, zieht Benjamins Zimmertür hinter sich zu. Überrascht, dass hier Licht brennt, schaut Rune sich um.

Nahe dem Herd, auf der hölzernen Kohlenkiste, sitzt die Wunschen. In sich zusammengezogen, ein rothaariger Gnom, der Wache hält. Was tut die jetzt noch hier?

Rune stammelt etwas, während sie auf die Wohnungstür zutorkelt. Gott, ich bin besoffen, denkt sie erschreckt.

Die Wunschen schießt ihr einen herrischen Blick in den Rücken.

Du solltest jetzt bei ihm bleiben.

Rune ist schon im Treppenhaus, nur fort. Sie hält sich am Geländer fest, während sie treppab tappt. Sie versucht, in ihrem benebelten Kopf ihre Rollen zu finden, Texte, die in sie eingebrannt sind:

Heraus in eure Schatten, rege Wipfel ...

Und Puck. Und Gretchen. Um zehn Uhr muss sie in der Schauspielschule in Schöneweide sein. Morgen, morgen. Es ist kurz vor Mitternacht.

Diesmal Fahrgast. Sie sitzt im geheizten Straßenbahnwagen, der in Richtung Schöneweide fährt, blickt zum Fenster hinaus. Ein grauer, lichtloser Februarmorgen. Rune hat sich den schweren Wein aus dem Blut geschlafen, sie ist überwach vor innerer Anspannung. Beim Frühstück in der Küche hat Großmutters Blick Sterntaler über sie herabrieseln lassen, wie einst in Kindertagen.

Wird schon werden, Rune.

Und gleichzeitig Ida Erlenbachs Kopfschütteln über diese

Enkelin. Wie kann sie nur zur Bühne wollen, unser Arme-leutekind. Und, na. Und diese Fingerchen.

Am Bahnhof Schöneweide steigt Rune aus, geht die Schnellerstraße hinab. Einmal ist sie heimlich hier gewesen, hat auf das Gebäude gestarrt, in dem Glück gelernt wird. Jetzt darf sie hinein. Der Pförtner neben dem Gartentor weist ihr den Weg.

Etwa zwölf Leute sitzen im Warteraum, Mädchen und junge Männer. Sie reden kaum miteinander. In der beklommenen Stille meint Rune, galoppierende Herzen zu hören. Soviel Hoffnung. Soviel Furcht, das Wunderbare nicht zu erhaschen.

Sie setzt sich auf einen freien Stuhl, ordnet verstohlen die schulterlangen Locken. Rune hat sich nicht geschminkt, die Lippen sind blass im ebenfalls fahlen Gesicht. Unauffällig betrachtet sie die anderen Mädchen. Alle sind eleganter gekleidet als sie, kleine Damen. Langsam steigt Rune Schamröte in die Wangen. Sie hat die plumpen Stiefel an den Füßen, die anderen Mädchen tragen Pumps, zumindest Halbschuhe. In diesem Augenblick fällt panisch der Gedanke in sie ein: Oh Gott, meine Hände. Aber sie kann ja nicht anders.

Heidrun Erlenbach.

Als sie ihren Namen hört, schreckt sie zusammen. In der geöffneten Tür steht eine jüngere Frau und mustert sie, als Rune sich erhebt. Unwillkürlich ballt sie die Hände zu Fäusten, versteckt die verkürzten Finger. Rune folgt der Frau über einen Flur, betritt hinter ihr einen abgedunkelten Raum, in dem Scheinwerfer strahlen. Eine kleine Bühne wird von ihnen beleuchtet, ist mit grauem Vorhangstoff ausgeschlagen. Nichts als ein kahler Podest in der Helle.

Dem gegenüber, im verschatteten Zuschauerbereich, steht ein langer Tisch mit der Prüfungskommission dahinter. Verwirrt erkennt Rune eine bekannte Schauspielerin unter den Leuten, die sie aufmerksam betrachtet. Die alte Dame lächelt ihr zu, und Rune durchströmt Zuversicht. Jemand, den sie nicht zu fürchten braucht.

Einige Fragen und Antworten hin und her, dann wird Rune auf die Bühne gebeten.

Bitte, Fräulein Erlenbach. Was werden Sie uns vorsprechen?

Sie räuspert sich nervös, haspelt die Rollennamen herunter.

Womit wollen Sie beginnen? Bitte.

Heraus in eure Schatten, rege Wipfel…
des alten, heilgen, dichtbelaubten Haines –
wie in der Göttin stilles Heiligtum –
tret ich noch jetzt mit schauderndem Gefühl.

Es rauscht ihr in den Ohren. Rune hört die eigene Stimme nicht. Doch plötzlich spürt sie es wie einen Riss durch den Körper, ein Gefühl des Einverstandenseins breitet sich in ihr aus. Rune erkennt Iphigenies Situation mit allen Sinnen, zeigt sie den Zuhörern: Die griechische Königstochter sehnt sich nach den Ihren, nach ihrer Heimat zurück… Inständig fleht sie die Götter um Beistand an… Und sie breitet die Arme, wo sie die Welt umfassen möchte, den heiligen Hain, und sie denkt nicht mehr an ihre Hände. Und sie schluchzt Gretchens Leid aus sich heraus, endet tränenüberströmt, am Boden liegend, die Kerkerszene… Und als sie zu sich kommt, als sie aufblickt, schlägt ihr geballtes Schweigen entgegen. Kein Wort. Und Rune sieht, wie die bekannte Schauspielerin sich die Augen wischt.

Rune hat sie alle gefangen.

Die Schauspielerin mit dem weißen Haarknoten am Hinterkopf sagt es ihr.

Jetzt zeigen Sie, dass Sie Schauspielerin sind. Lassen Sie sich draußen vor den anderen nichts anmerken. Sie sind aufgenommen.

Und Rune, trunken vor Freude, fällt der alten Dame um den Hals.

Egal, was die Leute denken. Rune kann nicht an sich halten, sie hüpft die Straße entlang wie ein Kind. Sitzt während der Heimfahrt beseligt in der Straßenbahn, summt vor sich hin. Wie soll sie fassen, dass sich ihr heftigster Wunsch erfüllen wird? Ihr ist heiß, heiß vor Glück, und sie reißt sich den Schal vom Hals. Reißt ihn von sich, als streife sie eine ausgewachsene Haut ab.

Benjamin, Benjamin!
Sie umarmt den Widerstrebenden, reißt ihn mit sich, tanzt durch sein Zimmer. Sie rempeln gegen die Staffelei, eine Gewitterlandschaft poltert zu Boden.

Benjamin!
Er weiß, was dieser Ausbruch bedeutet. Der Ärger über das umgerissene Bild bringt ihn vollends gegen Rune auf. Er packt sie bei den Oberarmen, steh endlich still, er

blickt ihr zornig ins Gesicht.

Was soll denn das!

Rune begreift seine Strenge nicht.

Benjamin: Ich bin aufgenommen. Ich!

Sie lacht noch, als er sie von sich schiebt und sich abkehrt. Er hebt sein Bild auf, stellt es auf die Staffelei zurück. Und plötzlich ein kurzer Pfiff von ihm, ohne dass er sich Rune zuwendet.

Schlag dir das aus dem Kopf, Mädchen.

Begriffsstutzig, ungläubig Rune:

Was?

Die Schauspielschule.

Was?!

Ja.

Entgeistert schaut sie ihn an, kann nicht fassen, was er da sagt.

Niemals, entgegnet sie. Bist du verrückt geworden!

Benjamin ist ruhig, klingt beinahe besorgt.

Verrückt bist du. Zum Theater gehst du mir nicht.

Benjamin! Das sagst du nicht im Ernst.

Vollkommen.

Und verächtlich fügt er hinzu:

Mit einer vom Theater lasse ich mich nicht ein.

Als Rune ihn fassungslos anstarrt: Was sagt er da, ihr Mann aus dem Wind, das kann doch gar nicht sein – kommt es siegessicher über seine Lippen:

Du hast die Wahl: Ich oder das Theater.

Sie muss lachen, so ungeheuerlich kommt seine Forderung ihr vor.

Benjamin! Ich liebe dich!

Sein Bärtchen zuckt.

Dann beweise es mir.

Tagelang geht er ihr aus dem Weg. Wenn sie an die Tür der Wunschen klopft, ist er nicht zu Hause. Sie sucht ihn. Sie braucht ihn. Sie ist außer sich. Rune hat geschwollene Augenlider vom vielen Weinen. Sie hat begriffen, dass er ernst macht. Dennoch muss sie versuchen, ihn umzustimmen. Das darf er ihr nicht antun, sie liebt ihn doch für immer. Und vom Theater kann sie nicht lassen.

Und heimlich beobachtet Rune sich dabei, wie der Schmerz mit ihr umgeht. Welche Gesten, welche Körperhaltungen er von ihr erzwingt. Wie er ihre Stimme verändert. Das alles muss sie sich für später merken. Für später, wenn sie auf der Bühne stehen wird.

Endlich lässt Benjamin sich treffen.

Er kommt von selbst. In einem Moment, da sie ihn am wenigsten erwartet.

Er steigt zu ihr in die Straßenbahn während ihrer letzten Dienstrunde. Und so, wie er am schönsten ist: In flatterndem Mantel, den Schlapphut auf dem Kopf, schwingt er sich in die Bahn.

Wie sehr er ihr gefehlt hat, merkt Rune an ihren weichen Knien, an der heißen Röte, die sie aufsteigen fühlt. Und an der Hoffnung, die sie erfüllt. Jetzt muss, jetzt wird er nachgeben.

Der Wagen ist fast leer zu dieser Abendstunde. Rune hat Zeit, sich neben ihn auf die Bank zu setzen. Er lächelt ihr so zwingend zu, Rune bricht in Tränen aus und wirft ihm beide Arme um den Hals.

Benjamin, endlich.

Sacht schiebt er sie von sich. Samten seine Stimme.

Hast du es dir überlegt, Süße?

Bleib bei mir, Benjamin. Bitte.

Und das Theater gibst du auf?

Flehend schaut sie ihn an.

Nein, Benjamin, ich kann nicht. Bitte! Nur das darfst du nicht von mir verlangen. Das nicht!

Bang forscht sie in seinen Zügen, sieht sein Lächeln erstarren. Sein Mund verzerrt sich unbeherrscht, und Benjamin presst die Lippen zusammen. Unter der gebräunten Haut wird er aschfahl. Sein Bärtchen ein harter, böser Strich.

Gib mir den Ring zurück.

Benjamin!

Gib ihn, fordert er erbarmungslos.

Und Rune, heulend vor Schmerz, heulend vor ohnmächtigem Zorn, zieht den Verlobungsring vom Finger.

Er hält die geöffnete Hand hin. Wie Wechselgeld nimmt sich der Goldreif aus. Bettelmünze, dem rechtmäßigen Besitzer wieder zugespielt.

An der nächsten Haltestelle steigt er aus. Rune blickt ihm nach. Er verschwindet, taucht ein in das Dunkel der Nacht.

Rune hört ihn davonwehen. Sein Mantel schlägt Wellen, sein Schlapphut wippt windlüstern. Geht davon, wie er gekommen war.

Rune beißt vor Schmerz in ihren Handballen.

Am schlimmsten ist, dass sie ihn so häufig auf der Straße sieht. Ach, vielleicht sucht sie diese Begegnungen auch. Er grüßt kühl. Rune weint noch oft. Sie weiß: Es ist aus. Flatternder Mantel, wippende Hutkrempe: Sie hat ihn an den Wind verloren.

Wäre es nur der Wind! Bald trifft sie ihn mit einer blonden Frau am Arm. Eifersucht verbeißt sich in Runes Magenwand wie ein wütender Hund. Sie drückt beide Hände auf die wunde Stelle, krümmt sich. Will niemandem zeigen, dass sie leidet. Lacht. Wirft ihre dunklen Locken. Seht doch: Ich bin viel schöner als sie!

Und verzweifelt, als sie allein ist, schreibt sie ihm einen glühenden Brief. *Geliebter Benjamin.* Schneidet eine Locke ab, steckt sie mit in den Umschlag. Schickt den Brief ab, schon ohne Hoffnung.

Eine Antwort bleibt aus. Und Benjamin grüßt nun nicht mehr, wenn er sie trifft. Er übersieht sie. Und am Verlobungsfinger trägt er wieder einen Ring.

Es ist Frühling geworden, Mai. Die Stadtluft duftet nach Flieder, und Ida Erlenbach kocht das erste Rhabarberkompott.

Mamsell schminkt ihren schiefen Mund für Kutte. Er muss ihr etwas geflüstert haben, nachdem sie seine Nase enttäuscht hatte: Mamsell trägt jetzt Parfüm hinter den

Ohren. Juchten oder Russisch Leder, wie es sich fügt. Seine zackige Welle dazu, das gibt ein schönes Paar.

Klarissa Erlenbach hat jetzt einen Herrn. Schade, dass er anderweitig verheiratet ist. Einmal in der Woche kommt er zu ihr, und er bringt Klarissa die Herrlichkeiten des Westens nach Köpenick. Zigaretten, Bücklinge, Kaffee. Und die echte alte Sarotti–Schokolade. Nivea. Klarissas Herr arbeitet drüben. Täglich über die Sektorengrenze, um bei Bechstein Klaviere zu bauen. Er hält zu Klarissa, obwohl ihr Herz manchmal taumelt.

Paul Erlenbach, wie immer behäbig in den Hüften, denkt proletarisch und betrinkt sich mitunter in einer Kneipe. Sein voller, roter Mund wird davon noch röter.

Und Rune hat bei der Straßenbahn gekündigt. Sie flaniert durch die Straßen Köpenicks, trägt noch an ihrer missratenen Liebe. Doch allmählich wird es lichter im Gemüt. Sie kann die Wochen zählen, gar so viele sind es nicht mehr. Was ist schon ein viertel Jahr! Dann wird ihr Schauspielstudium beginnen.

Manchmal ist Rune bei der Gambe mit dem dunklen Zopf. Die Gambe hat ihr Leid um Kriemhilds Tod in ihre lebendigen Tage eingelassen. Vorsichtig beginnt sie, wieder zu klingen.

Manfred? Rune kommt, wenn er nicht zu Haus ist. Und sie fragt nicht nach ihm.

DRITTER TEIL

Soll einer eine Tür schließen, wenn der Wind hindurch-
weht. Der Sturm sich gegen sie stemmt. Rune stürzt ihm
nach, dem Sturmwind, umfängt ihn mit beiden Armen,
lässt sich durch die Lüfte tragen. Sie braucht nicht Schutz
durch Tür noch Tor, sie braucht kein Haus. Sie spürt, wie
es sie ins Leben hinausreißt, sie kann fliegen, sie ist einzig-
artig, sie ist unersetzlich.

In seltenen Augenblicken der Besinnung sieht Rune auf
ihre Hände nieder. Flügel sind die nicht.

Muss noch viel an ihr gemeißelt werden, bis sie einzigar-
tig ist. Da steht sie, hübsch und jung und ungelenk und
mit einer Stimme, die Schmirgelpapier braucht. Rune
spürt die locker aufliegende Hand des Sprecherziehers auf
ihrem Zwerchfell. Atmen lernen für die Bühne, die richtige Luftsäule entstehen lassen, sie gekonnt verströmen.

Wob, wab, wub, muss Rune dazu sagen.

Nein, ihr Atemhaushalt ist noch mangelhaft.

Weib, weub, waub, haucht Rune.

Und schon ist sie am Ende, beginnt verzagt von neuem.

Wird schon werden, ermutigt sie der Lehrer.

MA – MA. MAMA.

Ach, wird sie das jemals können?

Bei der alten Gesangspädagogin haben die Studenten Unterricht in Stimmbildung.

Frau Holland–Hübsch, eine in sich ruhende, betagte Mutterfigur, hat Geduld. Aus ihren großen, leicht vorgewölbten Augäpfeln empfangen ihre Schützlinge Wärme und Zuspruch. Sie ist so zu Haus in Musik und Klang, dass ihr korpulenter Leib nicht anders kann: Er muss sich wiegen, jedem Akkord nachgeben. Aus dieser seltsamen Biegsamkeit strömen Wellen, die den Schauspielstudenten Vertrauen einflößen. Vorsichtig lieben sie diese Frau, wenn auch nicht ohne Furcht.

Rune lernt, wie sie einen Ton in die Welt schicken kann. Der Ursprung des Klanges lebt schon in ihr. Sie muss ihn nun nur die Wirbelsäule entlang aufwärts steigen lassen, muss ihn in das Innere ihres Kopfes führen, in Gedanken sogar bis über den Scheitel hinaus. Danach rutscht er wundergleich hinter die Stirn, füllt Mund und Rachenraum und wartet nun dringlich darauf, zwischen den leicht gespannten Lippen ins Freie strömen zu dürfen.

Diesen komplizierten Vorgang muss Rune vollziehen, um einen einzigen Wohllaut wie etwa ein Oh! oder Ah! erzeugen zu können. Doch die Misslaute bedürfen der gleichen Behandlung.

Nicht so schrill, Heidrun.

Ein neuer Ansatz.

Das war verhaucht. Bitte klarer.

Rune versucht es abermals.

Nein, noch behutsamer.

Rune verstummt.

Bockig? Beleidigt? Nein, Rune begreift und wird ein wenig bescheidener in ihrer Einzigartigkeit.

Ein weiter Weg liegt vor ihr bis zur Bühnenreife. Doch da ist, bei Stundenschluss, das Lächeln aus den großen Altfrauen–Augen. Es beruhigt Rune. Und es wird ihr beistehen.

Bewegungstraining. Sie lernen gehen, sie lernen fallen, ihre Sprunggelenke werden geschult. Und sie lernen tanzen. Bei einem alten Schreittanz muss Rune plötzlich an die Gambe mit dem dunklen Zopf denken. So innig verschlungen klingt die Begleitmusik. Lange ist Rune nicht bei ihr gewesen. Ein Schatten von Reue legt sich ihr ins

Gemüt.

Aber hat sie Zeit? Sie muss doch studieren!

Im Fechtunterricht fällt der kleine Viktor auf. Er ist behänder als sie alle, und Rune schaut ihm bewundernd zu. Er sinkt in den Ausfall, als habe er das schon immer gekonnt. Und er wirft sich zurück, die Klingenspitze seines Gegners vermag ihn nicht zu treffen.

Am Ende der Fechtstunde nimmt Rune wahr, dass Viktor rehbraune, scheue Augen hat. Er lächelt ihr zu.

Vielleicht. Nein, sie weiß noch nicht.

Unter der Dusche steht die rundliche Henne neben Rune.

Henne schmettert ihr Lieblingslied.

Ich habe einen Mann, den viele möchten,

der immer mich bewahrt vor allem Schlechten.

Ein jeder kennt ihn, Nowak ist sein Name –

Plötzlich hält sie inne, Seitenblick auf Runes Brust.

Was hast du denn da für 'ne Narbe?

Künstlerpech, entgegnet Rune.

Quatsch. Sag doch mal.

Rune blickt Henne herausfordernd an.

Das ist meine Seele.

Henne, trocken:

Genau, was ich mir dachte.

Und sie nimmt ihren Gesang wieder auf.

Rune ist mit Viktor über die Sektorengrenze zum Steinplatz gefahren. Kino auf Studentenausweis für fünfzig Pfennig Ost.

So wird sie eines Tages lächeln unter Tränen wie das Seelchen auf der Leinwand.

Viktor blickt sie verstohlen von der Seite an. Nach ihrer Hand greift er nicht.

Rune weiß nicht, ob sie das bedauert.

Im Tanzunterricht lernen sie die Schritte einer Sarabande.

Rune ist Viktors Partnerin.

Zwischen erhobenen Armen, federnd im Tanz, schauen sie einander an. Viktor hat Funken in seinen scheuen, rehbraunen Augen.

Rune sieht rasch weg.

Ein Studienjahr voller Schmetterlinge, voller tiefernster Träumer. Auch Aufbrausende sind da; die clownhafte Henne. Und ein Beter, glatzköpfig, der ständig seine Hände zum Dach formt, mit den Fingerspitzen die Lippen berührt. Als sei er versunken in Meditation. Reinhold hat weder Wimpern noch Augenbrauen. Wenn sein schmallippiger Mund sich zum Feixen verzieht, gleicht er einem lüsternen Faun.

Ger–ta, ruft er und breitet beschwörend die Arme aus, Ger–ta!

Er geht auf das dicke Mädchen zu. Doch Gerda weicht ihm aus, klopft im Vorübergehen auf seine Finger.

Lass das, faucht sie mit ihrer klirrenden, leicht hysterischen Stimme, du sollst das endlich lassen.

Gerda trägt ein Puppengesicht auf ihrem vollen Hals. Stupsnase, Schlafzimmerblick. Aus dem runden Gesicht sind die Haare straff nach hinten genommen, im Nacken zu einem dunkelblonden Schwanz gebunden. Gerdas schwerer Körper passt nicht zur hellen Stimme, passt nicht zum niedlichen Gesicht. Was wird sie auf der Bühne einmal spielen können? Vielleicht eine Rose Berndt, wenn sie gelernt hat, mit ihrem Körper umzugehen. Und später, in reiferen Jahren, im Faust die Marthe Schwerdtlein. Jetzt aber? Jetzt aber braucht sie daran noch nicht zu denken.

Arno mit seinem glühenden Blick, braunhäutig, eine

schwarze Locke in der Stirn, sieht wie ein fertiger Romeo aus. Er ist schmal und biegsam, begabt zur Leidenschaft. Wenn er seinen Arm um Tuttis Schultern legt, ist das Mädchen wie in einer Schlinge gefangen. Tutti, das Knutschpaket. Gertrud ist weich und warm, hat ein Grübchen im Kinn und ein Lachgrübchen in der Wange. Graue Augen, schulterlanges, krauses Blondhaar. Rune bewundert Tuttis Art, sehr kurze Zigaretten in eine Spitze zu stecken und sie andächtig zu rauchen. Und Tutti hat jeden Tag weiße Leinenschuhe an.

Noch ist ja lange nicht Winter.

Dann Valerij. Der Junge mit dem breiten Mund und der Gitarre im Arm. Valerij ist der Größte unter den Studenten. Hohe Stirn, aufbrausendes Wellenhaar. Fast immer lachend, mit tadellosen Zahnreihen. Er flammt, wenn er redet. Wirft die Arme. Zupft ein paar Takte aus den Saiten seiner Gitarre, singt wie ein heimwehsüchtiger Seemann. Brecht: Für Valerij fängt das Theater mit Brecht an und hört mit Brecht auf.

Valerij ist Russe. Sein Vater ist mit der sowjetischen Armee nach Deutschland gekommen, ein hoher Offizier. Seine Familie hat er nachgeholt.

Und Valerij trägt die Weite der Taiga im Blick.

Elisabeth ist die Reifste, die Gesetzte unter ihnen. Sie ist von oben bis unten gerade gebaut, ohne Taille. Lange, schlanke Beine, affenartige Arme, die ihr zu beiden Seiten herumschlenkern. Ihr rotstichiges Haar trägt sie wie Rune, in der Mitte gescheitelt. Es hängt glatt auf ihre Schultern hinab. Ponyfransen in der Stirn. So wenig hübsch Elisabeth ist, so strahlend hell sind ihre Augen. Graugrün. Wenn sie will, kann sie damit Blitze schleudern. Valerij hat sie schon getroffen.

Manchmal abends fährt der ganze Trupp zu Filmvorführungen in den Künstlerclub „*Die Möwe*". Alte Streifen werden den Studenten gezeigt, und ihre Gemüter schäumen vor Begeisterung über Eisensteins *Panzerkreuzer Potemkin*.

Sie sehen den *Großen Diktator* mit Charlie Chaplin. Anderntags ahmt Viktor nach, wie der Diktator in den Teppich beißt.

Darüber muss man unerbittlich lachen.

Doch Rune verzieht nur gequält den Mund. Sie mag es nicht, wenn Viktor sich in dieser Weise aufführt.

Rune argwöhnt, dass ihre Kommilitonen hinter ihrem Rücken über sie aufgeklärt worden sind. Keiner fragt nach ihren Händen.

Doch sie hat es keinem der Pädagogen gegenüber erwähnt. Seltsam. Natürlich wissen sie es ohnehin.

Rune ist aufgenommen, als sei sie wie die anderen.

Nur Rune und Valerij kommen aus Berlin und wohnen im Elternhaus. Die übrigen Studenten sind in einem Wohnheim untergebracht.

Tutti, das Knutschpaket mit den Grübchen, sorgt bei den Mädchen für Unwillen. Ihre kurzen Zigaretten, die Tutti in die Spitze steckt und fast pausenlos raucht, hinterlassen Spuren in der gemeinsamen Küche. Asche auf dem Tisch, Asche auf dem Fußboden, Asche in der Spüle. Und unübersehbar Asche auf dem Geschirr.

Elisabeth stellt Tutti gelassen zur Rede. Ihre klugen, blitzenden Augen sind umwölkt, ihr Ton leicht vorwurfsvoll.

Kannst du nicht aufpassen, Tutti. Du machst die Küche zum Schweinestall.

Tutti lächelt, ihr Wangengrübchen spielt. Erstaunt fragt sie, während ihre freie Hand ins krause Haar fährt:

Ich weiß nicht, was du meinst.

Und stups! Klopft sie mit dem Zeigefinger der Hand, in der sie ihre Zigarette hält, leicht und wie versehentlich auf die Zigarettenspitze aus Horn.

Zierlich rieselt Asche abwärts.

Elisabeth sieht wortlos zu. Sie wendet sich ab, geht auf die Tür zu. Bevor sie die Küche verlässt, sagt sie streng:

Das gewöhnst du dir ab. Sonst fliegst du hier raus.

Tutti lacht gurrend.

Aber, aber, Frau Gouvernante. Solltest dir selbst mal einen Glimmstengel gönnen. Das beruhigt.

Krachend schlägt Elisabeth die Tür hinter sich zu.

Nach einer Theateraufführung begleitet Viktor Rune bis vor ihre Haustür. Sie stehen ein Weilchen, atmen sich an. Rune weiß noch immer nicht, ob sie verliebt ist. Sie wirft einen raschen Blick auf die Front des Nachbarhauses. Hinter Benjamins Fenster brennt kein Licht, er wird bei seiner Tanzmusik sein. Und die Frau, mit der sie ihn manchmal sieht? Ist sie jetzt bei ihm im Café, wirft ihm Blicke zu? In ihre Überlegungen hinein sagt Viktor:

Wie schön du das machst.

Was?

Atmen.

Leise entgegnet Rune:

Du atmest aber auch sehr schön.

Sie sitzen im Aufenthaltsraum neben der Bibliothek und warten auf ihre nächsten Unterrichtsstunden. Tutti hält ihre Spitze mit der unerlässlichen Zigarette in der Hand. Sie stützt den Arm auf eine Sessellehne, liest. Auch Rune hat ein Buch im Schoß, blättert, lässt ihre freie Hand mit den dunklen Locken spielen. Sie ist unruhig, auf eine ihr nicht erklärbare Weise sehnsüchtig. Flüchtig denkt sie an Benjamin. Nein, er ist es nicht, obwohl die Erinnerung immer noch schmerzt. Sie blickt kurz zu Viktor hinüber. Er ist in ein Buch vertieft, schaut nicht auf.

Die Tür wird geöffnet, Valerij kommt lachend herein, seine Gitarre im Arm.

Stört es euch?, fragt er und zupft ein paar Töne.

Rune klappt erleichtert das Buch zu.

Bisschen Musik?, fragt Valerij in die Runde. Tutti und Viktor blicken auf. Sing uns was, sagt Tutti und drückt ihre Zigarette, nachdem sie den Stummel aus der Spitze gezogen hat, im Aschenbecher aus.

Viktor blickt unentschieden auf, seufzt. Er hält mit dem Finger die Zeile fest, die er soeben gelesen hat. Schließlich gibt er nach, legt das aufgeschlagene Buch auf einem Tischchen ab.

Valerij setzt sich auf das Fensterbrett, angewinkelte Beine, die Gitarre vor der Brust. Er wirft den Kopf in den Nacken, seine Haarmähne sprüht im einfallenden Licht. Greift in die Saiten, sein breiter Mund geht auf; Rune verfolgt mit gebannten Blicken, was er tut. Als Valerij zu singen beginnt, mit dieser entrückten, wie unter einer Glasglocke sirrenden Stimme, kann Rune ihre vorherige Unruhe deuten. Das war es, wonach sie sich gesehnt hatte. Diese Klänge hatten in ihr gewartet, erweckt zu werden. Dieser Gesang.

Still schaut Rune ihm zu. Valerij wendet leicht den Kopf, Rune liest in seinem Blick. So muss es sein, wenn das weite Sibirien sich vor einem ausbreitet.

Rune schluckt, den Tränen nahe.

Diesem Valerij wird sie nie gefallen.

Behutsam wird die Tür geöffnet. Einen Spalt breit, zum Lauschen. Plötzlich ruckhaft weit.

Ger–ta!

Reinhold streckt den Arm wie eine Sperre in den Raum, und Gerda klopft ihm auf die Finger.

Lass das.

Sie schlüpft unter seinem ausgebreiteten Arm herein. Valerij wendet den Kopf, hört nicht auf zu singen. Gerda steigt, einen Finger über die Lippen gelegt, übertrieben vorsichtig auf Zehenspitzen näher. Reinhold, der Beter, folgt ihr, beide suchen sich einen Platz. Nachdem sie in ihre Sessel gesunken sind, Gerda gefühlvoll die Puppenaugen verdreht, stützt Reinhold auf seinen Beterhänden das Kinn ab. Er klappt die nackten Augenlider zu, scheint hingegeben an Valerijs Gesang. Rune schaut Reinhold an, und hergeweht aus Kindertagen fällt ihr das Huhn der Wunschen ein. Dem sieht Reinhold ähnlich.

Abermals eine Störung, und jetzt legt Valerij die Gitarre aus den Händen.

Henne stürmt herein, leise kann sie nicht, und sie ruft triumphierend:

Eh, Leute! Eben ist er gekommen.

Wer?

Was denn?

Henne schneidet mit ihrer Handkante die Luft entzwei, deutlich eine Trennlinie zwischen sich und den Unwissenden. Ihr Kurzhaarschnitt umgibt ihr Gesicht wie ein Helm. Haarfarbe hat sie nicht, die kann man sich bei

Henne nicht vorstellen. Schillert zwischen Albernheit und Komik, auch ihre knappe Tolle tut das.

Habt ihr ihn vergessen?

Richtig, es fällt ihnen ein. Einer fehlt noch in ihrem Studienjahr. Wochen hat er versäumt, doch jetzt ist er da. Lange krank gewesen. Sieht er denn hinfällig aus?

Henne antwortet auf alle Vermutungen:

Süßer Bengel. Klarer Mann. Kann mich nur wundern, dass unser Arno Stielaugen gekriegt hat. Ist Arno schwul? Was bekannt?

Jetzt fehlt Elisabeth. Sie hätte auf ihre Weise für Zurückhaltung gesorgt. Stattdessen kreisen in Runes Gesicht Frageaugen.

Was ist denn das?

Die Runde bricht in hilfloses Gekicher aus.

Das weißt du nicht?

Nein, Rune nicht. Nie gehört.

Na ja.

Erklärungen gibt es nicht.

Arno, der fertige Romeo, ist nicht schwul. Er gerät nur ein wenig aus der Fassung, weil der Neue so natürlich ist. Sie begegnen einander im Sekretariat. Arno und Henne haben eben ihr Stipendium in Empfang genommen, als der Neue zur Tür hereinkommt. Hat nicht angeklopft. Streicht mit den Fingern über die Klinke. Grüßt. Auf den fragenden Blick der Sekretärin nennt er seinen Namen.

Philipp Graf.

Sofort weiß die Sekretärin Bescheid.

Ah ja. Schön, Herr Graf, dass Sie endlich hier sind. Wieder gesund? Und herzlich willkommen bei uns!

Ohne sich zu zieren, geht Philipp Graf auf die Dame zu und streckt ihr seine schmale Hand entgegen.

Danke, sagt er und lacht dazu, ich freu mich.

Henne und Arno streift er mit einem neugierigen Blick, nickt ihnen zu.

Die beiden gehören zum selben Studienjahr, erklärt die Sekretärin, machen Sie sich miteinander bekannt.

Henne verbeugt sich bis zum Boden hinab. Richtet sich auf, grinst Philipp an.

Ich bin Helga, und ich heiße Henne. Tag, gräflicher Kumpel.

Lachen. Händedruck. Philipp blickt sie aus blauen Augen an, lange dunkle Wimpern verschatten seinen Blick.

Und dazu schwarze Haare, sagt Henne ungläubig–anerkennend, der Junge darf bleiben. Gefällt.

Ohne verlegen zu werden, wendet sich Philipp an Arno.

Und du?

Lachend fliegen noch einmal Namen hin und her.

Henne flitzt in den Leseraum, teilt Philipps Ankunft mit. Gespannt wartet die Gruppe der Studenten darauf, dass er kommt.

Tutti steckt eine neue Zigarette in ihre Hornspitze, reißt ein Streichholz an. Bang geht ihr Hennes Frage nach. Nein, das kann nicht sein. Wenn Arno schwul wäre, hätte sie das längst gespürt. Trotzdem bleibt in ihrem grauen Blick eine Frage an Arno, als er mit dem Neuen zur Tür hereinkommt. Sie nimmt Philipp nur flüchtig wahr. Beobachtet misstrauisch Arno.

Das ist der Graf von Sowieso, ruft Henne. Na, hab ich euch zu viel versprochen?

Etwas geschieht im Raum. Während draußen ein sonniger Oktobernachmittag in den frühen Abend sinkt, ist um die jungen Menschen Stille. Der leise Austausch von Blicken schafft ein Fluidum, das greifbar scheint. Sie spüren es alle, ohne es benennen zu können. Ein Strömen, ein Wehen, die Luft bewegt sich. Witternd hebt Viktor die Nase, folgt Runes Blickrichtung. Sie hat ihn sofort erkannt. Wie ein Frühlingsschlaf ist er gekommen, wie in einem Traum. Kam, kam. Er ist es.

Der Augenblick vergeht. Verwirrt senkt Rune den Blick. Sie ist rot geworden. In Philipps Augen hat sie gelesen, dass auch er sie gesehen hat. Er hat zu lachen aufgehört. Doch gleich darauf glaubt Rune es nicht. Als sie wie zufällig in Philipps Richtung schaut, hat der sich Tutti zugewendet, spricht mit ihr. Tutti bläst Rauch an seinem Gesicht vorbei.

Ja, Herbst. Tutti trägt keine weißen Leinenschuhe mehr.

Das Wehen im Raum ist vorüber. Die jungen Menschen wollen es nachträglich leugnen, das kann nicht gewesen sein. Und sie schütteln, wie Vogelvolk, das Staunen aus ihrem Gefieder.

Ihre Stimmen klingen hell, klingen durcheinander, schütten den wundersamen Augenblick zu.

Sie spielen einander stumme Etüden auf der Probebühne vor.

Einer der Studenten steht im Rampenlicht, zeigt wortlos, auf Gesten und Musik beschränkt, pantomimisch einen kleinen Alltagsvorgang.

Gespannt beobachten die anderen, was sich auf der Bühne abspielt. Sie verfolgen jede kleine Regung mit unbestechlichen Blicken. Wie genau zieht Arno seinen imaginären Mantel aus? Wie stellt er einen Blumenstrauß, den es in Wirklichkeit nicht gibt, in eine Vase? Was macht er falsch, wenn er den vermeintlichen Wasserhahn aufdreht? Atemlos, die Dozentin umringend, sitzen sie auf ihren Stühlen und schauen.

Plötzlich verlässt Arno die Konzentration. Er winkt ab, lacht verlegen auf.

So'n Mist, sagt er, alles daneben.

Die Professorin begütigt. Ihre Löwenmähne sprüht wie meist, sie streicht sich mit der Hand über das ungebändigte Haar. Das versehrte Bein hat sie anmutig von sich gestreckt, der Fuß steckt in einem höheren Schuh als der andere.

Nein, Arno, das war schon recht gut.

Man sieht förmlich, wie Arno Hoffnung schöpft. Er wird größer, wird breiter, er strahlt.

Und er beginnt die kleine, mühsame Arbeit von neuem.

Philipp kommt schon aus einem Beruf. Er hat Gebrauchswerber gelernt, Schaufensterdekorationen entworfen. Er ist, wie Rune, achtzehn Jahre alt. Und er ist nicht ins Studentenwohnheim gezogen. In der Nähe vom Bahnhof Ostkreuz hat er ein Untermietszimmer gefunden, groß und kalt. Im Winter wird der Kachelofen in der Ecke es kaum erwärmen können. Philipp nennt es seinen Reitstall, den eisigen.

Er hat sich im Zuschauerraum der Probebühne neben Rune gesetzt, wie zufällig seine Hand auf die ihre gelegt. Rune hält still. Anzusehen wagt sie ihn nicht. Erst nach geraumer Zeit, mit leichtem Druck, löst Philipp seine Hand.

Rune nimmt es als Versprechen.

Am Abend dieses Tages, der November hat schon begonnen, gehen sie nebeneinander durch einen dunklen Park. Wie sind sie hergekommen? Irgendwo ausgestiegen aus der S–Bahn, in Treptow, miteinander spielerisch in den Abend hineingelaufen. Es ist Philipps Geburtstag. Sie haben zu zweit in einer Bahnhofskneipe gesessen, Gummibier getrunken. Jeder ein Glas Bier, das sich über Stunden hindehnen lassen musste. Nun brodelt wenig Alkohol und summende Freude in ihren Adern, berauscht voneinander torkeln sie dahin. Das herbstliche Laub verströmt gärenden Modergeruch, die Sinne besänftigend und sie gleichzeitig stachelnd. Abendglück, in dem verheißungsvoll die ganze Zukunft schlummert. Sie gehen offenen Munds, ihre Blicke berühren einander. So schwer, so tief, dass Philipp und Rune taumelnd die Hände nacheinander strecken. Sie erkennen voneinander die hellen Ovale ihrer Gesichter, das gleißende Weiß der Augäpfel. Und, dunkle Inseln inmitten der Augen, leuchtet die Iris. Was sie reden miteinander ist Freudenlatein, kleine, hingeworfene Wortsteinchen, die kurz im Finstern aufblitzen. Du, du, du. Ich. Wir. Die ganze Litanei beginnender Liebe.

Als sie sich trennen müssen an diesem Abend, sind sie süchtig nacheinander. Philipp reißt Rune an sich, brennend vor Verlangen liegt Mitte auf Mitte.

Sie müssen warten, sind scheu.

Sie haben auch keinen Ort.

Im Studienalltag brauchen sie sich nicht zu verstecken. Sie gehören zusammen, jeder darf es wissen. Staunende Blicke wandern zunächst zwischen Rune und Philipp hin und her. Dann begreifen sie. Die beiden könnten es gar nicht leugnen. Einer wirft des anderen Spiegelbild.

Ungläubig, wenn auch vorgewarnt, nimmt Viktor diese

214

Fügung auf. Bis zu Tränen enttäuscht, zieht er sich in einen kurzen, heftigen Kummer zurück.

Rune versucht, ihn mit Worten zu trösten. Sie hat nicht geahnt, dass es Viktor so ernst war.

Viktor wehrt sich gegen ihr Mitleid. Er schaut an ihr vorbei.

Die Schauspielschule liegt an der Spree. Ein breiter Steg führt vom Ufer in den Fluss hinaus. Auf diesem Steg tanzt Valerij.

Mit dem Spätherbst hat Valerij sich einen Schlapphut zugelegt und einen langen Schal um die Schultern geschlungen. Der Tag ist nebelverhangen, wabernde Schwaden über dem Fluss. Valerij ist bis ans Ende des Stegs gegangen, wendet sich dem Ufer zu. Seine Gitarre vor der Brust, begleitet er sich zu einem russischen Lied. Schwermütige Klänge, dazu tänzelnde Schritte des Sängers. Seine Hutkrempe wippt, Valerij ist wie eine Nebelleuchte im sanften Wind, und Rune schaut ihm verzückt vom Ufer aus zu. So soll er nicht sein. Nicht sie in Versuchung bringen, ihn zu fangen. Da steht, da tanzt dieser Junge wie eine Windsäule.

Hör auf, ruft Rune zu ihrer eigenen Überraschung und

schickt ihren Worten ein wegwischendes Lachen hinterdrein.

Valerij stutzt, hält inne.

Rune greift nach Philipps Arm neben sich.

Mach weiter, ruft sie, das ist schön!

Aus der Tür tritt Tutti in den Hof. Ihren Mantel trägt sie locker über die Schultern gehängt. Statt der weißen Leinenschuhe hat Tutti jetzt weiße Stiefelchen an. Sie kommt herunter zu Rune und Philipp ans Ufer geschlendert, zierlich in der Hand ihre Hornspitze mit brennender Zigarette. Tutti deutet zum Steg hinaus.

Den kann man auf die Bühne stellen, wie er ist. Das reicht schon.

Rune nickt zu Tuttis Worten.

Ja. Irgendwie ist er ein Schwan.

Henne stürmt aus dem Haus. In ihrer dicken Wolljacke rollt sie wie ein Ball heran.

Eh, Leute! Die Besetzungslisten fürs Szenenstudium hängen! Valerij wird fluchen, kein einziger Brecht dabei.

Hennes letzte Worte hört Reinhold, der bedächtig zu der Gruppe getreten ist.

Falsch, Henne. Du bist mal wieder zu voreilig gewesen. Eben hat sie das letzte Blatt ausgehängt: Brecht, *Herr Puntila und sein Knecht Matti.*

Na sowas, macht Henne verblüfft.

Reinhold hebt die bleichen Beterhände zum Kinn, stützt sein Gesicht ab.

Ja, entgegnet er. Und Valerij ist mit dem Puntila besetzt. Ich als Matti. Na, warum nicht.

Vom Steg her nähert sich langsam Valerij. Er hat aufgehört zu spielen. In der Linken hält er seine Gitarre, mit der Rechten schiebt er verwegen den Hut bis tief in den Nacken.

Was ist mit mir? Ich hab meinen Namen gehört.

Brecht, platzt Henne heraus, du spielst den Puntila. Valerijs großer Mund geht auf, er lacht sein breites Seemannslachen.

Wirklich?

Eh, entgegnet Henne, wenn ich's sage!

Da stürmt er davon, drückt mit der freien Hand den Hut auf den Kopf, stürzt ins Haus. Und wird es dort mit eigenen Augen lesen.

Elisabeth mit ihrem schulterlangen, rotstichigen Haar

sitzt neben dem Schauspieldozenten an einem Tischchen. Sie haben Teegläser vor sich stehen, schauen den beiden auf der Bühne zu. Elisabeth, die klugen Augen hellwach, beobachtet kritisch, wie Rune ans Balkongitter tritt, auf Arno hinabschaut: Romeo und Julia.

Reinhold und Gerda sitzen im Zuschauerraum. In die hintere Ecke hat sich Viktor verkrochen. Sein heißer, bekümmerter Blick liegt auf Rune. Diese Julia ist schön wie ein Erlenbäumchen, das seine Blätter flirren lässt.

Nun schickt sie ihn fort, diesen leidenschaftlichen Jungen. Um ihn gleich darauf zurückzurufen. Wie sie stutzt. Eine knisternd geladene Pause. Dann ihre Liebeslüge:

Ach, ich vergaß, warum ich dich zurückgerufen …

Zart, - da ist Seide in der Luft.

Der Dozent beugt sich zu Elisabeth, flüstert ihr etwas zu.

Ja, flüstert Elisabeth zurück, wie geschaffen für diese Rollen.

Der Lehrer unterbricht das Spiel auf der Bühne, einen Einwand hat er dennoch.

Heidrun, warum winken sie Ihren Liebsten mit dem Finger zurück? Das hat etwas Neckisches. Mit offen gelöster Hand, das wäre, glaub ich, schöner.

Rune spürt, wie ihr Röte ins Gesicht steigt. Als sie spricht, klingt ihre Stimme heiser.

Ich muss das so machen. Wegen meiner Hand.

Der Dozent stutzt, erinnert sich.

Ja, richtig. Nehmen Sie einfach die andere Hand.

Rune ist den Tränen nahe. Sie steht starr, umklammert das Balkongitter. Im Zuschauerraum herrscht betretenes Schweigen. Elisabeth sagt leise, so, dass nur der Regisseur es hören kann:

Es sind doch beide Hände.

Das vergisst man einfach, ruft der Dozent aus und schlägt sich eine Hand vor die Stirn, Entschuldigung, Heidrun! Gedankenlos von mir. Wir probieren es auf Ihre Weise.

Und Rune bekommt Gelegenheit, mit unterschiedlicher Aussagekraft einen Finger einzusetzen. Sie kann ihn ruckhaft knicken, und er wird zum Hexenhaken. Sie kann ihn aber auch sanft, in zarter Andeutung, bewegen. Und die Geste wird zur liebreichen Einladung.

Nach der Schauspielstunde nähert Rune sich Elisabeth. Sie zieht sie mit sich in den Korridor, ein Stück abseits.

Elisabeth, fragt sie niedergeschlagen, geht es wirklich so?

Ja, Rune. Bestimmt.

Trotzdem. Niemals kann ich wie andere meine Hände einsetzen. Immer muss ich sie verstecken.

Elisabeth, die Kluge, entgegnet:

Das ist falsch. Du musst sie nicht verstecken, Rune. Du musst sie verwandeln. Weißt du, was ich meine?

Rune schüttelt stumm den Kopf. Elisabeth greift nach einer von Runes Locken, zupft daran.

Du musst dich zu deinem eigenen Dolmetscher machen. Übersetzen, was du vorhast. Was man mit gespreizten Fingern ausdrückt – sagen wir, Ekel zum Beispiel – das musst du übersetzen in Fäuste. Oder in ein Verbergen der Hände hinter dem Rücken. In einen Griff um den Hals, die Daumen nach vorn. Verstehst du?

Rune guckt Elisabeth an, entrückt. Sagt dann, zu sich kommend, mit ausdrucksloser Stimme:

Du. Das habe ich alles geahnt. Aber gewusst hab ich es bis heute nicht. Danke.

Sie stehen am S–Bahnhof Friedrichstraße, alle miteinander. Nur Elisabeth fehlt. Angeregt unterhalten sie sich nach dem Abend in den Kammerspielen. Die Aufführung hat sie in Feuer gebracht.

Henne, der Clown, weiß genau, was sie einmal spielen will. Und das redet ihr niemand aus.

Eh, für mich wär da keine Rolle drin. Dass ihr alle so fürs Ernste seid. Traurigkeit und Tränen, nee.

Für den Anfang, sagt sie großspurig, geh ich zum Kabarett.

Gerda lacht ihr hohes, leicht hysterisches Lachen.

Wäre traurig, entgegnet sie, wenn es nur albernen Firlefanz auf der Bühne gäbe.

Eh, Fräulein: nicht so hochnäsig. Der alberne Firlefanz muss gekonnt sein.

Ger–ta, fällt Reinhold ein und will begütigend eine Hand um Gerdas Schultern legen.

Lass das, wehrt Gerda ihn ab.

Valerij pfeift auf alles. Ohne seine Gitarre sind die Arme überflüssig. Er fuchtelt, er drückt seinen Hut. Abwesend spitzt er die Lippen, in Gedanken weit weg.

Arno stößt ihn an.

Valerij, träumst du?

Valerij lüftet den Hut, setzt ihn wieder auf den Kopf.

Ja, antwortet er, von dir, du Behelfsmime.

Arno kichert.

Wird wohl eher Elisabeth sein.

Der Blick, den Valerij ihm zuwirft, lässt Arno verlegen verstummen.

Was habt ihr nur immer miteinander, mischt Tutti sich eifersüchtig ein, worum streitet ihr?

Tutti steht dicht am Bahnsteig, tritt von einem weißbestiefelten Fuß auf den anderen.

Hu, ist das kalt. Bisschen Dampf machen, was ?

Sie nestelt mit klammen Fingern eine kurze Zigarette samt Hornspitze und Streichholzschachtel aus ihrer Manteltasche. Zwickt die Zigarette fest, nimmt sich Feuer. Tutti raucht in tiefen Zügen. Viktor, der ihr dabei zusieht, sagt plötzlich sinnend:

Ach, Tutti. Wenn du wüsstest, wie gut es dir geht.

Tutti bläst Rauch in seine Richtung, fragt mit anzüglichem Unterton:

Weißt *du* es denn?

Sie stehen bei den anderen, gehören doch nicht dazu. Rune und Philipp halten einander bei den Händen, ganz bei sich. Gehüllt in ihre Zweisamkeit. Geschlagen mit ihrer Liebe. Stumm.

Als die S–Bahn einfährt, die Studentengruppe hineindrängt, bleiben Rune und Philipp auf dem Bahnsteig stehen.

Eh! Henne winkt ihnen zu kommen.

Die Türen schließen sich, die Bahn fährt ab.

Rune sieht Philipp an. Philipp sieht Rune an.

Was nun? Wohin?

Mit der nächsten Bahn fahren sie bis Ostkreuz. Laufen beklommen durch nachtdunkle Straßen. Später soll es werden, später. So spät, dass die Wirtin ganz gewiss schläft.

Sie schmeißt mich raus, wenn sie es merkt.

Philipp hält Rune umschlungen. Sie gehen so dicht, dass sie ein Körper sind. Der bewegt sich, kann von seiner zweiten Hälfte nicht lassen. Sie wissen längst, dass ihre Begegnung kein Zufall war. Ihre Wege strebten von Anfang an aufeinander zu.

Nun kann es nicht mehr anders sein, sagt Philipp.

Im Treppenhaus machen sie kein Licht an. Philipp hält Rune bei der Hand, zieht sie mit sich die Stufen hinauf in den zweiten Stock. Aus Angst, der Schlüssel könne ihm entgleiten, hält Philipp ihn krampfhaft fest wie ein

Schwert.

Wenn nur die Hunde nicht im Korridor sind, flüstert er Rune zu.

Abrupt bleibt Rune stehen.

Was denn für Hunde?

Psst!, macht Philipp. Sei still.

Sie lauschen mit angehaltenem Atem. Nichts rührt sich hinter der Wohnungstür.

Sie hat zwei Pekinesen, flüstert Philipp dicht an Runes Ohr, widerlich. Die pinkeln auf eine Korkmatte im Korridor. Die ganze Bude stinkt.

Vorsichtig schiebt Philipp den Schlüssel ein. Als das Türschloss aufschnappt, erschrecken Rune und Philipp vor dem kleinen Geräusch. Alles in der Wohnung bleibt still.

Sacht öffnet Philipp die Tür, zieht Rune mit sich durch den dunklen Korridor auf seine Zimmertür zu. Nachdem sie gelandet sind und endlich Licht machen können, atmen beide auf. Sie lächeln einander zu. Geschafft.

Auf dem Nachttisch steht der Mond, er beleuchtet ihre nackten, hellen Körper. Sterne zu Häupten, seine Augen, ihre Augen, funkelndes Licht für lange. Runes kleine Brüste hüpfen, und ihr schwarzhaariger Geliebter schaut ihr entzückt zu. Er streckt seine schlanken Beine neben ihr aufs Lager, eine Astgabel für die Windfängerin. Sie nimmt ihn sich ohne Rückhalt, sie vertraut sich ihm ohne Scheu.

Der aufbrausende Sturm kommt zur Ruhe in ihrem Schoß.

Es ist dunkel im Zimmer, sie haben beide geschlafen. Rune erwacht, knipst den Mond an.

Philipp.

Sie rüttelt ihn sanft bei der Schulter.

Philipp, wach auf.

Er räkelt sich, kommt zu sich. Blinzelt ins Licht.

Was ist denn?

Philipp. Ich muss mal.

Der Schrecken macht ihn vollends wach.

Das geht nicht, Rune.

Ich halte es nicht länger aus.

Er stützt sich auf den Ellenbogen, schaut sie beschwörend an.

Du musst warten, bis wir uns aus der Wohnung geschlichen haben. Sobald es hell wird.

Bitte, Philipp. Ich kann nicht warten. Es geht sofort los.

Ratlos blickt er sich im Zimmer um.

Moment.

Sein Einfall treibt ihn aus dem Bett. Er geht zum Kachelofen, schraubt die Heizklappe auf, zieht den halb gefüllten Aschekasten heraus. Sein Gesichtsausdruck ist schicksalergeben.

Es ist die einzige Möglichkeit, Rune.

Hurtig, hurtig. Die Asche wölkt ein wenig auf unter dem Strahl, das ist auch schon alles. Gemeinsam bugsieren sie den Metallkasten wieder ins Ascheloch.

Später, im Bett, können sie vor Lachen kaum Luft bekommen.

Du meine große Seefahrerin!

Du mein Helfer in Seenot, du mit dem rettenden Kahn! Geschlafen wird nicht mehr. Und bevor die Wirtin ihre Pekinesen zum Schnüffeln in den Korridor lässt, haben Rune und Philipp unbemerkt die Wohnung verlassen.

Als Rune Philipp im Dezember zum ersten Mal mitnimmt ins Erlenbachnest, treffen sie vor der Haustür mit der Wunschen zusammen. Sie schaffen es nicht, unbehelligt ins Haus zu gelangen. Die Alte hinkt heran, ihr Feuerschopf leuchtet, und Rune meint, das längst entschlafene

Huhn an der Leine neben der Wunschen herzockeln zu sehen.

Sie bleiben beieinander stehen, Rune grüßt verlegen. Unverhohlen mustert die Wunschen Philipp.

Tag, sagt sie, sonst geht's gut?

Die Wunschen erwartet keine Antwort. Ungeniert starrt sie Philipp an.

Junges Gemüse, Rune, was? Ich sehe, du bist auch nicht mehr allein.

Die deutliche Anspielung auf Benjamin ist Rune peinlich. Sie lacht gezwungen, schüttelt den Kopf.

Wie man sich bettet, so liegt man, sagt die Wunschen anzüglich. Endlich lässt sie Philipp aus den Augen und blickt Rune an.

Der Benjamin, der hat jetzt eine feine Dame gefunden. Nicht so Fallobst. Bald werden wir heiraten.

Rune errötet, schaut rasch zu Philipp. Der weiß von Rune, wen er da vor sich hat, und er lächelt unergründlich der Rothaarigen ins Gesicht.

Fallobst, fragt er schließlich, Äpfel oder Birnen?

Die Wunschen faucht wie eine Katze.

Und Rune sieht ihr an, dass sie ihr treues Huhn längst vergessen hat.

Wie verhext. Kaum haben sie die Begegnung mit der Wunschen überstanden, treffen sie im Hausflur auf Mamsell. Sie ist dabei, die Treppen zu wischen, gewissenhafte Hauswartsfrau am Samstag Nachmittag.

Ach, unsre Rune.
Sie stützt sich gegen den Schrubberstiel, den sie senkrecht in der Faust hält. Die andere Hand legt sich auf ihre ausladende Hüfte.
Rune stellt Philipp vor. Sagt dann:
Und das ist meine Tante Mamsell.
Mamsell wischt die Hand an der Schürze ab, ehe sie sie Philipp hinstreckt. Aus ihrem schieflippigen Mund kleckern ein paar freundliche Worte. Rune kommen sie wie Hühnerkacke vor – aber das muss an der Wunschen liegen, die nicht mehr an ihr Huhn denkt und die ihr eben über den Weg gelaufen ist.
Na denn man munter, sagt Mamsell.
Philipp lacht, in seinen blauen Augen sprüht es.
Mamsell sagt euch jetzt mal was, ihr Jungschen. Das könnt ihr euch ruhig merken. Jeder Einzelne von uns hat Anspruch auf einen anderen. Kapiert?
Wendet sich ab, beugt sich über den Wischeimer, wringt

ein Scheuertuch aus, wischt.

Wohl gemerkt, ihr da. Jeder von uns.

Samstagnachmittag: Die gesamte Sippschaft ist zu Hause. Die Tür öffnet den beiden, nachdem sie angeklopft haben, Klarissa.

Philipp schreckt leicht zurück. Er steht einer älteren, gereiften Rune gegenüber. Die Ähnlichkeit ist ihm auf unerklärliche Weise nicht angenehm.

Doch Klarissa begrüßt ihn herzlich. Steht da innerhalb kurzer Zeitspanne ein zweiter Schwiegersohn vor ihr? Sie erkennt sofort, dass dieser Junge Benjamin an Herzenswärme überlegen ist. Das nimmt sie für ihn ein.

Das ist er also, sagt Klarissa und packt Philipp am Arm, nur herein in die gute Stube.

Als Philipp die Küche betritt, wenden sich ihm zwei erwartungsvolle Gesichter zu. Ida Erlenbach streicht unwillkürlich über ihre Haarmatte hin, nachdem sie den Jungen erblickt hat. Unter halb gesenkten Lidern mustert sie ihn. Und ihre Sterntaler wirft sie diesmal sich selbst zu, ihren Gedanken. Ja, der ist richtig für ihre Rune. Nicht so ein alternder Musikus. Den da soll Rune mit aller Kraft behalten.

Behäbig in den Hüften, die vollen roten Lippen wie im Pfeifton gespitzt, erhebt sich Paul Erlenbach von seinem Stuhl. Wochenende, er ist nicht mehr ganz nüchtern, betrunken aber auch nicht. Er empfindet für den jungen Mann auf Anhieb proletarisch. Der könnte ein kräftiger Arbeitsmann sein.

So, sagt er, soso, und seine Unterlippe flattert.

Er taumelt nur wenig, als er Philipp entgegentritt, ihm auf die Schulter klopft. Eben wusste er die Worte noch, die er bereit gehalten hatte. Doch sein Hirn ist benebelter, als Paul Erlenbach meint. Er beklopft Philipps Schulter abermals und sagt:

Rotfront. Wird schon alles werden.

Philipp ist nicht zimperlich. Seine Wurzeln stecken in einfachem Boden, im Acker. Er vermag bäurisch zu empfinden, zugehörig. Drum entgegnet er ohne Umstände diesem alten Kumpel:

Rotfront. Und es lebe die Kunst.

Paul Erlenbach weiß nicht, ob er sich verhört hat.

Die Kunst?, fragt er vorsichtig.

Kunst ist Waffe, entgegnet Philipp lachend.

Und sie lachen miteinander, als wäre der Junge schon lange bei ihnen im Nest.

Sie haben sich um den Küchentisch geschart. Philipp sitzt neben Paul Erlenbach, Ida Erlenbach und Rune den beiden gegenüber. An einer Schmalseite des Tisches: Klarissa. Philipp wirft der Mutter seiner Liebsten verstohlene Blicke zu. Er muss sich mit dieser Ähnlichkeit anfreunden. Genau so wird Rune nie aussehen, dessen ist er sicher. Klarissa strahlt, bei all ihrer Freundlichkeit, Kühle aus. Auch eine verhaltene Gier. Wie ein Hungriger, der zu wenig Nahrung gefunden hat. Das macht ihren Blick unstet, er haftet nur kurz auf einem Gesicht, huscht weg. Als wolle er sich nicht ganz offenbaren. Gludern, nennt Ida Erlenbach das.

Meechen, was gluderst du so.

Klarissa weiß, dass ihr alle Unrecht tun. Sie ist verletzt worden vom Leben, überrumpelt und fallen gelassen worden. Die vernarbten Wunden in ihrem Innern verbirgt sie hinter abweisenden Blicken. Um Klarissas Mund gewahrt Philipp einen bitteren Zug, den Kummer geschaffen haben muss. Dieser Leidenszug söhnt ihn aus mit der Strenge, die Klarissa umgibt.

Sie trinken Kaffee, den Klarissa aufgebrüht hat. Ihre Hand, die das Sieb hält, zittert leicht. Ausgerechnet heut spürt sie den Stolperschlag ihres Herzens in der Brust.

Lange hat sie kein Anfall gequält. Ihr ist bang.

Klarissa versucht, sich stark zu machen gegen ihre Angst.

Legt das Sieb ab, umklammert den Henkel der Kanne. Sie lacht grundlos auf, fängt erstaunte Blicke.

Ist dir nicht gut?, fragt Rune erschreckt.

Klarissa lässt sich auf ihren Stuhl sinken, noch immer den Henkel fest in der Hand. Stellt die Kaffeekanne auf den Tisch, presst beide Hände vor die Brust.

Bisschen eng, sagt sie luftlos, es geht schon wieder.

Und tatsächlich wird ihr besser. Sie wechselt einen Blick mit dem jungen Philipp, der ihr teilnehmend in die Augen schaut. Ihre Blässe verfliegt, der Atem geht freier.

Das haben Sie schön gesagt, Philipp.

Warum tut sie das? Philipp lächelt Klarissa zu, als habe er tatsächlich gesprochen.

Hat er wohl auch, mit seinem teilnehmenden Blick.

Paul Erlenbach stellt Schnapsgläser auf den Tisch.

Ein, zwei, zählt er, fünf Mann hoch!

Ida Erlenbach stülpt ihr Glas um.

Nee, Paul. Für mich nicht.

Na, quatsch nich krause, Ida. Schlückchen bloß.

Nee und nein, Ida bleibt hart.

Sie stoßen miteinander an, Weinbrandverschnitt. Fusel-geruch im Raum.

Auf uns alle, sagt Paul Erlenbach. Mit einem Zug leert er sein Glas, schmatzt mit den vollen, roten Lippen sein Wohlgefallen in die Luft.

Klarissa hat ihr Glas zur Hälfte geleert, Rune und Philipp haben nur genippt.

Na los doch, Kinder, feuert Paul Erlenbach die beiden an, lasst euch nicht nötigen.

Beide nippen abermals. Paul Erlenbach, schon etwas schwerzüngig, dankt es ihnen.

Na – na also. Wie die Alten sungen …

Wie die Alten sungen …

Weiter kommt er nicht. Zwar ist es Samstag, ein friedlicher Familiennachmittag. Aber es ist auch der Monatserste, daran haben die Erlenbachs nicht gedacht.

Poch, poch, poch.

Aller Blicke fliegen zur Küchentür.

Wird Kuttchen sein, orakelt Ida Erlenbach erfreut.

Denkste und Pustekuchen. Falsch geraten. Einlass begehrend, steht die Vermieterin vor der Tür. Am Ersten ist die Miete fällig, das ist unbestreitbar. Darauf will Frau Sage auch an diesem Samstag nicht verzichten.

Störe ich?

Ida Erlenbach hat der Sängerin die Tür geöffnet, ist enttäuscht einen Schritt zurückgetreten. Ihre Gedanken hasten zum Schubfach, in dem die Miete bereitliegen muss. Liegt aber nicht. Ida Erlenbach hat einfach nicht daran gedacht, nachdem ihr Paul dieses Geld für ein paar Tage auf Pump abgeschwatzt hatte. Und nicht zurückgegeben. In der ganzen Wohnung wird kein Geld zu finden sein.

Störe ich, fragt diese Person.

Das kann sie sich doch denken, dass sie stört!

Übertrieben breit fällt ihr Lächeln aus, mit dem Ida Erlenbach die hohe Frau hereinbittet.

Treten Sie ein, Frau Sage. Tässchen Kaffee?

Sie zieht den Kopf ein, als sie über die Schwelle tritt, und ihre Ohrgehänge klingeln klingklang. Und im Niedersetzen auf den dargebotenen Stuhl schaukeln sie wieder: klingklang.

Nein, danke, sagt Frau Sage vornehm. Und es klingt, als halte sie sich ein Nasenloch dabei zu.

Lieber 'nen Schnaps, wa?, fragt Paul Erlenbach schwerlippig, lieber 'nen Prost, hab ich recht?

Steht auf, holt leicht taumelnd aus dem Küchenschrank ein Schnapsglas.

Aber Herr Erlenbach, wehrt Frau Sage empört ab, ich trinke doch nicht!

Und nun scheint auch das zweite Nasenloch zugeklemmt, so erhaben ist diese Frau.

Herausfordernd füllt Paul Erlenbach das frische Glas. Hebt es in Augenhöhe.

Also Prost. Selber trinken macht blau!

Und schüttet sich den Schnaps in den Schlund.

Ida Erlenbach unter ihrer Haarmatte gibt sich geschäftig. Sie fährt durch die Küche, auf der Suche nach einem Versteck. Irgendwo muss das Mietbüchlein zu finden sein. Endlich landet sie an dem einzig möglichen Ort, zieht das Schubfach des Küchenspinds auf.

Wo hab ich es denn?, fragt sie scheinheilig und kramt mit beflissenen Händen im Schub, wo ist es denn mal wieder. Ach, da ist es ja! Warum verkrümelst du dich denn vor mir, verdammt noch mal!

Klopft dem verstockten Heft, das sich nicht gemeldet hat, erbost das Fell aus, schlägt ihm mehrfach die Schubladenkante um die Ohren.

Du neunmalkluges Ding, du!

Rune und Philipp schauen einander an, kämpfen mit dem Lachen.

Daher also hast du dein Talent, flüstert er ihr über den Tisch hinweg zu, deine Oma ist hinreißend.

Klarissa durchschaut ihre Mutter. Sie ahnt, dass kein Geld im Büchlein sein wird. Ärgerlich rechnet sie zurück: Sie hat ihren Mietanteil schon vor zehn Tagen an Ida gegeben. Jetzt hat sie dafür keine zwanzig Mark mehr übrig.

Paul Erlenbach betrachtet die Vorgänge von weit her. Er hat sich einen weiteren Schnaps genehmigt, sitzt nun bei leichtem Wellenschlag auf seinem Kahnstuhl. Er ist wie ein Kapitän abgerückt von Matrosenstreitigkeiten. Wird schon werden bei denen, irgendwie – aber ganz ohne Alarm kommen seine Gedanken nicht aus. Es geht um Geld, da scheint etwas zu fehlen. Und dunkel, erinnert er sich, schuldig zu sein. Er hatte doch? Kürzlich? Von Ida? Geborgt? Am besten, er spült von vornherein den aufkeimenden Ärger hinunter.

Prost!, sagt er zu sich selbst.

Und Philipp, der neben ihm sitzt, antwortet ihm leise:

Prost.

Frau Sage, die Sängerin, Runes großes Vorbild, beobachtet misstrauisch das Laientheater, das Ida Erlenbach aufführt. Was bedeutet das? Einmal schüttelt sie ungeduldig den Kopf: klingklang.

Rune betrachtet diese Frau mit achtungsvollen Blicken. Eine, die es geschafft hat. Wenn sie selbst auch nicht an einer Operettenbühne auftreten möchte. Rune sieht wieder vor sich, wie die Schleifen in ihrem Haar, nass vom Gang im Freien, sich aufrichteten und blühten unter dem süßen Gesang von einst. Kinderglück. Wehe Verzauberung. Und neben ihr im Zuschauerraum, dunkellockig die Mutter. Streng, schön, unverständlich. Und jegliche Fremdheit überbrückend von der Bühne herab die Verheißung: Lebt! Denn das Leben ist schön.

Rune hält die Hände im Schoß, blickt auf sie hinab. Was ihr Elisabeth gesagt hat, stimmt. Sie muss eine Freude in eine ebensolche Freude übersetzen lernen. Schmerz in anders ausgedrückten Schmerz übertragen. Rune beißt die Zähne zusammen.

Sie ist fest entschlossen, es zu lernen.

Atempause. Ida Erlenbach hat das Mietbüchlein zunächst einmal zur Seite getan. Da liegt es, abseits, auf der Kü-

237

chenschrankplatte.

Ida Erlenbach kommt zurück zum Tisch, zwingt der Vermieterin doch ein Tässchen Kaffee auf, gibt sich beflissen und gleichzeitig zerstreut.

Ich hol's dann gleich, sagt sie der hohen Dame, ohne ihr in die Augen zu blicken, Momentchen.

Rune weiß, was gespielt wird. Das Lachen vergeht ihr, als sie an die Blamage denkt. Sie war ja dabei, als der Großvater der Großmutter das Geld abschwatzte. Er hat es also nicht zurückgegeben.

Da flattert sie auf, ein Vögelchen, harmlos um den Tisch zu ihrem Philipp, zirpt ihm etwas ins Ohr. Und nun tummeln sich beide, Rune und Philipp, zum Fenster. Da schauen sie, mit zusammengesteckten Köpfen, hinaus. Großes müssen sie sehen, Gewaltiges; denn sie wispern miteinander wie in Ergriffenheit. Keiner hat bemerkt, dass Rune im Vorbeigehen das Mietbüchlein mit sich nahm. Ihre Rücken der Tischrunde zugekehrt, sieht keiner außer ihnen, was geschieht. Hastig zückt Philipp sein Portemonnaie, er hat vom Stipendium noch kaum etwas verbraucht. Verstohlen zieht er zwei Geldscheine heraus, schiebt sie zwischen die Seiten des Büchleins.

In ein paar Tagen kriegst du es zurück, flüstert Rune.

Und ebenso harmlos, wie sie aufgeflogen sind, flattern Rune und Philipp in die Tischrunde zurück. Das Büchlein liegt da, wo Ida Erlenbach es hingetan hatte.

Klingklang.
Frau Sage ist gesprächig geworden, ihre Ohrgehänge klingeln zum Takt ihrer Kopfbewegungen. Rune muss an einen nickenden Kakadu denken, und das schmälert ihre Bewunderung für die Künstlerin in keiner Weise. Nicht jeder muss ein Operettenstar sein. Kann es gar nicht. Sie selbst wird bescheidener auftreten, das weiß Rune schon jetzt.
Doch dann, in den Scheinfrieden hinein, ein nachdrückliches Abgeläute: klingklang.
 Ich muss dann weiter, sagt Frau Sage und bedenkt Ida Erlenbach mit einem fordernden Blick.
Rune und Philipp schauen gebannt. Ein Blick unter seinen Schattenwimpern hervor fliegt Rune zu: Pass auf!
Klarissa hat während der ganzen Zeit beharrlich geschwiegen. Jetzt streift sie ihre Mutter mit einem flüchtigen, misstrauischen Blick. Was wird sie tun? Über Ida Erlenbachs Nasenbein hat sich ein roter Reif gelegt. Die Scham hat sich eingeschwemmt in ihr Blut, der Kopf ist

heiß unter der aschfarbenen Haarmatte.

Ida weiß nicht, was sie tut. Sie lacht ein bisschen, sie schwitzt ein bisschen. Sie schiebt ihren Stuhl zurück, erhebt sich. Auf Beinen, die ihr wie taub vorkommen, torkelt sie zum Küchenspind. Da liegt es, und sie nimmt es. Und sie bringt es mit an den Tisch. Auch Zorn ist in ihr, und sie wirft ihrem Mann einen lodernden Blick zu: Das hab ich dir nun zu verdanken, du Suffkopp.

Doch Paul Erlenbach ist selig genug, mit einem Flattern seiner schweren Lippen zu antworten. Was da vor sich geht, ist ihm entfallen. Er hat Heimchen im Kopf, Grillen in den Ohren, die zirpen eine krause Melodie. Und warum diese Klingeldame hier am Tisch sitzt, kann er sich nicht erklären. Das ist ja – doch: Das ist Frau Sage.

'nen Schnaps?, fragt er lallend in ihre Richtung und blickt sie aus glasigen Augen an.

Ohne ihn einer Antwort zu würdigen, streckt Frau Sage die Hand nach dem Mietbüchlein aus. Ida Erlenbach reicht es ihr nicht, sondern wirft es klatschend vor sie auf den Tisch.

Da, sagt sie, ich kann's nicht ändern.

Frau Sage klappt das Büchlein auf, nimmt die Geldscheine an sich, quittiert mit forschem Namenszug.

Ida Erlenbach muss sich setzen. Sie sinkt auf ihren Stuhl, als habe sie einen Schlag erhalten. Klarissas fragendem Blick weicht sie nicht aus, was denkt die denn von ihr. Seit Tagen liegt das Geld hier bereit – was denn sonst.

Paul ist jenseits von Fragen, jenseits vom Begreifen. Nur die beiden Jungen, die wissen.

Ida Erlenbach gibt Rune einen dankbaren Blick. Und Philipp, an dessen funkensprühenden Augen sie ihren Helfer in der Not erblickt, wirft sie ihre sanften Sterntaler zu.

Es ist zeitiger Abend, als sie aus dem Haus treten. Dämmerstunde, die Straßenlaternen leuchten schon. Rune will ihren Liebsten auch der Gambe mit dem dunklen Zopf zeigen, nachdem sie ihn mit der Erlenbachsippschaft bekannt gemacht hat.

Sie gehen Hand in Hand, Rune zerrt ein wenig. Mit dieser plötzlichen Eile will sie ihr Versäumnis ausgleichen. Es liegt Monate zurück, dass sie bei der Gambe mit dem dunklen Zopf war. Doch dann fällt ihr ein, dass sie Philipp ein paar Worte schuldet. Sie bleibt stehen, umarmt ihn.

Danke, Philipp. Mein Stip ist schon futsch. Ich gebe doch zur Miete dazu, weißt du.

Ein langer, inniger Straßenkuss. Philipp streicht ihr das Haar zurück, flüstert:

Ist doch klar, meine Liebste.

Sie öffnet ihnen die Tür so behutsam, als habe sie schlafende Kinder im Haus. Die Gambe mit dem dunklen Zopf hat jetzt helle Fäden im Haar. Rune sieht es, nachdem sie über die Schwelle getreten ist, im Schein der Deckenlampe. Philipp zieht sie mit sich herein.

Das ist er, sagt Rune.

Die Gambe mit dem dunklen Zopf streckt ihre Hand hin. Ihre Stimme klingt warm und tief, als käme sie wirklich aus schwingendem Holz.

Willkommen, sagt sie. Und als sei das noch nicht altmodisch genug, fügt sie hinzu:

Willkommen in diesem Heim.

In den Augen der Gambe geht eine Laterne an. Rune nimmt erfreut wahr, dass die Gambe ihren Philipp mag. Und Rune steigt leichte Röte ins Gesicht, als sie standhaft bekennt:

Philipp ist nun für immer.

Denn ihre Worte hört auch Manfred. Er ist aus der Küche in den Flur getreten, mustert die Gruppe mit kritischen

Blicken. Auf diese Begegnung war Rune nicht gefasst. Sonst traf sie die Gambe stets allein zu Haus. Aber samstags hat der Arbeitsjunge frei.

Rune sieht ihn wieder, wie er mit gefalteten Kinderhänden vor seinem Jesus stand, ins Gebet versunken. Und dann sein Seitenblick auf sie, den sie katholisch nannte.

So guckt er auch jetzt, der derbe junge Mann, und all sein Zigeunerprinzentum ist ihm abhanden gekommen. Jedenfalls kann Rune es nicht mehr finden.

Ach, du bist es.

Tag, Manfred.

Sein Blick auf Philipp hat nichts Feindseliges. Ihm ist, als erkenne er die Augen seiner kleinen Schwester wieder. Seit Kriemhilds Tod ist dieses Blau ihm nicht begegnet. Durch Manfreds Gemüt, das er vor jedem verschließt, schwebt ein Tagtraum. Er ist lesbar in seinen Augen, die sich für Sekunden verdunkeln.

Manfred?, fragt Rune erstaunt.

Da ist es schon vorüber. Manfred reicht klar seine Hand dar. An Rune. An Philipp.

Kommt doch rein.

Jetzt erst erfährt Rune, dass die Gambe Anna heißt. Manfred redet seine Mutter mit Vornamen an, und das wirkt zwischen diesen beiden Menschen selbstverständlich. Der erwachsene Sohn ist Lebenspartner geworden, seit er beim Tod der kleinen Schwester seinen Mann stand. Mit seiner Kraft hat er die arme Gambe gehalten, als sie nicht mehr klingen konnte. Hat sie gestützt. Hat ihr geholfen, allmählich ihren Ton wiederzufinden. Nun sind sie Du und Du: Anna, Manfred.

Bitte, Anna: Hast du einen Punsch für uns?

Ja, einen Würzwein, entgegnet die Gambe lächelnd und verschwindet lautlos hinter der Küchentür.

Der Kachelofen im Wohnzimmer glüht, wohlige Wärme strahlt von ihm aus. Sie sitzen zu viert in der Fensternische, Sofa und Sesselchen. Jeder hat sein Pöttchen Glühwein vor sich stehen, es duftet nach Nelke und Zimt, schwacher Süßhauch wabert über den Gefäßen. Auf dem Tisch ein Leuchter mit drei Kerzen, Blickfang für alle, Gedankenfang. Die Windfängerin Rune erinnert sich an Philipps ersten Kuss. Wie sie Philipps Atem fing, ihn schluckte, inwendig davon zu blühen begann. Seither weiß sie, dass er immer in ihr bleiben wird. Auch, wenn er gehen würde. Auch, wenn er sterben müsste. Im Kerzenschein ist Runes Gesicht wie in Trance. Alles ist Traum.

244

Alles ist wirklich. Innige Begegnung von Leben und Tod. Auch Philipp denkt an sich selbst. Es ist unaussprechlich, dieses Mädchen mit seinen versehrten Händen zu haben. Schutzbedürftiger als andere kommt sie ihm vor, und er wird stark für sie sein.

Manfred denkt nicht an Schmetterlingsflügel, obwohl er kurz von Kriemhilds Augen geträumt hat. Am Montag wird er wieder an die Arbeit gehen, seiner Anna ein verlässlicher Sohn sein. Dazu helfe Gott.

Die Gambe hat ihren dunklen Zopf nach vorn über die Schulter gelegt. Sie neigt leicht den Kopf, als horche sie in sich hinein. Bruchstückhafte Erinnerungen treiben ihr durch den Sinn. Die kleine Rune und ihr Manfred einst – sieh an, jetzt ist ein Bräutigam da. Und ihr Birklein, ihre Kriemhild, unverloren. Sie hebt den Blick, schaut ihren Sohn an. Ach, und sie lächelt.

Wohlgeraten, du mein Lieber.

Über die Weihnachtstage und den Jahreswechseln sehen sie einander nicht. Philipp ist heimgefahren in sein Dorf, zu Mutter und Geschwistern. Nachts, wenn er allein in seinem Zimmerchen unter dem Dach liegt, blickt er dem Mond oder ziehenden Wolken nach. An einem solchen

Spätabend denkt er an Rune. Er kann ihre spaltweit geöffneten Lippen nicht vergessen, spröde und schmiegsam zugleich. Ihren Mund - ein weiches Bett. Aufgetan, in den Winkeln von Geheimnis gezeichnet, leis gekräuselt. Nein, das stimmt nicht. Die lieblichen Schatten in den Mundwinkeln sind nicht kraus. Sie sind nur da wie etwas ganz und gar Unerwartetes. Über das zu staunen er nicht aufhören kann.

In einem Taumel von Sehnsucht richtet Philipp sich auf, knipst Licht an. Runes Foto auf dem Nachttisch. Er reißt es an sich, presst es gegen die Stirn. Bleibt so, bis er deutlich ihren Kuss, ihre Umarmung spürt.

Ida Erlenbach hat Rune am Silvestertag in die Bahnhofstraße zum Einkaufen geschickt. In der Warteschlange beim Fischgeschäft erblickt Rune eine gebeugte Altfrau, die mit zitternder Hand Geld auf die Ladentheke zählt. Erst, als das weißhaarige Fräulein der Verkäuferin zulächelt, erkennt Rune ihre Lehrerin wieder. Das kalkweiße Gebiss des Fräuleins stürzt Rune in einen Strudel aufbrausender Erinnerungen. Kindertage, Schulängste.

Rune verhält sich still. Gibt sich dem Fräulein Mienert nicht zu erkennen.

Auf dem Heimweg begegnet Rune Manfred. Auch er trägt einen Karpfen im Netz.

Sie tauschen Worte über Fische. Gekochte, gebratene.

Manfred begleitet Rune bis vor ihre Haustür. Als sie ihm zum Abschied die Hand reichen will, greift Manfred tollpatschig daneben. Er stößt seine Frage atemlos hervor, weiß, dass er sie nicht stellen darf.

   Hast du deine Seele noch?

Rune lacht ihr Erröten spöttisch weg.

   Hast du das wirklich geglaubt?

Mamsell schaut zur Haustür heraus. Als sie die beiden erblickt, verzieht sie ihren schiefen Mund zu einem freundlichen Grienen.

   Vorsicht!, ruft sie. Staub!

Und schüttelt den Besen, mit dem sie soeben den Flur gekehrt hat, aus. Klopft mit der Hand die Borsten ab.

Rune sieht zum ersten Mal, dass Mamsell fischäugig ist. Und sie hat ein meeräugiges Funkeln im Blick, dem blaugrauen, das Rune entzückt. Wie kommt die breithüftige Mamsell zu diesem elbischen Zug?

   Mamsell, ruft sie der Fischäugigen zu, du siehst ja heute

so anders aus?

Die Fischäugige schließt für einen Augenblick die Lider. Als sie wieder schaut, ist sie zurückverwandelt in die menschliche Mamsell. Entgegnet:

Anders? Nicht, dass ich wüsste.

Als Rune die Küche betritt, herrscht Karneval. Bunte Papierschlangen hängen von der Decke herab, züngeln um den Fensterknauf. Auf dem Küchentisch liegen Tütchen voller Konfetti, schon heut hat Paul Erlenbach den Raum für morgen geschmückt.

Mitten in der Küche sitzt die Großmutter auf einem Stuhl. Hinter ihr steht Klarissa mit Kamm und Schere, beschnippelt Ida Erlenbachs Haarmatte.

Schneid mir keine Fransen, warnt Ida, letztes Mal sah ich aus wie Muhme Möhrchen.

Klarissa lässt beide Arme sinken, kreuzt Kamm und Schere vor der Brust.

Also, sagt sie, willst du oder willst du nicht.

Kleine Drohung, verhaltener Triumph. Ida Erlenbach muss ja wollen, bleibt ihr keine Wahl.

Jott Strammbach, entgegnet sie, mach schon. Ich will nur keine Treppen auf der Omme haben.

Keine Sorge. Wirst ganz schnieke.

Ja, seufzt Ida Erlenbach, Hochmut kommt vor dem Fall.

Wortlos legt Rune ihr Einkaufsnetz ab; denn den Brief hat sie sofort gesehen. Sie greift so gesammelt danach, als steige sie auf eine Rettungsinsel. Sie braucht noch gar nicht zu lesen: Schon Philipps Schrift genügt, sie in Taumel zu versetzen. Und Rune presst den Briefumschlag mit Philipps Schriftzügen gegen die Stirn. Schließt die Augen, bis sie Kuss und Umarmung weiß.

Was geschieht denn, Zeugen der Küsse, Zeugen der Umarmungen, ihr Lüfte: Wenn zwei Liebende so sich verlassen aufeinander, so sich treffen im Irgendwo? Schreibt dann nicht der Nachtwind deutlich die Buchstaben an den Himmel? Liebe. Bilden dann wandernde Wolken nicht Brücken zueinander, auf denen Rufe taumeln: Er ist es. Sie ist es. Sie sind einander ins Blut gesunken, Rune und Philipp, und sie könnten nur um den Tod noch voneinander lassen. Ach, Rune legt sich ein Schattenlächeln in die Mundwinkel, wenn sie jetzt an den verlorenen Benjamin denkt. Er war erwachsen, er kam von den Hottentotten, und er hat ihren Schoß erschlossen. Sonst? Sonst etwas?

Ja, er kam aus dem Wind, mit Schlapphut und wehendem Mantel. Aber er war nicht der Wind selbst. Rune hat nur das Abbild des Windes gefangen, nur sein Echo.

Jetzt aber ist Philipp da.

Wenn Rune den Briefumschlag endlich löst, nach aller Nähe, trägt sie Tintenbuchstaben auf der Stirn. Ihr Name ist zerbröselt in *une lenba.*

Das freut Rune. Sie macht sich gern ein wenig lächerlich vor ihrem Liebsten. Ihm zum Spaß.

Klarissas Blick ist prüfend auf sie gerichtet, und Rune spürt Mitleid mit dieser Frau. Hat die nicht auch einen Liebsten? Ihren Herrn, wie die Großmutter sagt? Und keine Bleibe für die beiden Menschen.

Mitunter kauft der Herr Kinokarten für Ida und Paul Erlenbach. Dann ist Klarissa für zwei Stunden mit ihrem Herrn allein.

Eines Morgens im Februar, als Rune das Haus verlässt, trifft sie mit Mamsell zusammen. Mamsell hat Kurt im Schlepptau, sie streben zur S–Bahn, wollen in den Westen fahren.

Bückling kaufen, sagt Kurt, und lässt sein Eulenaugenlid klappen.

Er drückt seine Haarwelle zurecht und teilt Rune den Tageskurs mit. Eben im RIAS gehört:

Günstig heute, da darf man nicht warten.

Mamsells schiefer Mund lächelt einladend. Für Rolf und Karin werden sie Schokolade mitbringen.

Und du, Rune? Ein Wunsch?

Bringt mir eine Tüte Wind mit.

Windbeutel?, fragt Mansell zweifelnd und steht breithüftig vor Rune.

Rune lacht.

Ich meine richtigen Wind. Danke, ich brauche nichts.

Und winkt den beiden nach, die einträchtig davongehen. Kurt, mit seinen leicht geknickten Beinen, schaukelt im Seemannsgang. Mamsell passt sich an, so gut sie kann.

In der Straßenbahn, auf dem Weg zur Schauspielschule, blickt Rune sinnend aus dem Fenster. Warum hat sie das eben zu Mamsell gesagt, sie will doch ihr Geheimnis nicht verraten. Philipp ist der Wind selbst. Sie sieht vor sich, wie er sommers über ein Feld von Mohnblumen weht, Blüten einen roten Teppich auswerfen. Alles für sie.

Und das Herz der Windfängerin schmiegt sich beglückt in Runes Brust: Festhalten. Für immer.

Stimmbildung. Frau Holland–Hübsch sitzt geballt auf dem Klavierhocker, leibesmächtig wie eine Bauernkönigin. Aber Rune sieht ihr an, dass sie mehr zu sagen hat als eine Sängerin namens Frau Sage. Da braucht Rune nicht lange zu gucken.

Frau Holland–Hübsch lässt ihre Finger über die Tasten perlen, die Töne springen wie helle Kieselsteine aus dem Klavier. Geschickte, kurze Finger, die sich auskennen mit dem reinen Klang. Sie sitzt mütterlich auf dem Drehschemel, ihre massige Leiblichkeit strahlt Wärme aus.

Es geht eine dunkle Wolk herein … singt Rune unter den schweren Blicken der Holland–Hübsch. Mit dem Vers ist der Dreißigjährige Krieg gemeint. Und Rune hat Vorstellungskraft genug, ihre Stimme tragisch zu färben, die schreckliche Waffe Morgenstern zu fürchten. Spießgesellen dringen mit Speeren auf sie ein, Rune weint.

Unwillig zieht die Gesangspädagogin Stirnfalten. Sie sagt streng:

Nein, nicht. Das ist unprofessionell. Sie sollen nur tun „als ob", nicht wirklich. Sie dürfen nicht mit jedem Leidenden umkommen. Wie auch ein Arzt mit seinen Patienten nicht stirbt.

Rune begreift. Und sie wächst um einige Grade mehr in

ihren künftigen Beruf hinein.

Nach der Stunde legt Frau Holland–Hübsch Rune eine Hand auf den Arm. Sie ist wieder ganz die Mütterliche.

Es ist erschütternd, jung zu sein, Heidrun. Ich weiß es. Doch das erfährt man erst im Alter.

Auf dem Fensterbrett des Fechtsaals hat Tutti ihre bernsteinfarbene Zigarettenspitze abgelegt. Zigarettenpäckchen und Streichholzschachtel daneben. Sie steht, Knutschpaket mit Grübchen, ihrem Fechtpartner gegenüber. Arno–Romeo im Fechttrikot, hager und braunäugig, stößt der verdatterten Tutti in einem Ausfall die Florettspitze vor die Brust.

Sag mal, träumst du?

Ja, entgegnet Tutti, und lässt ihr Florett sinken, guck doch mal.

Sie deutet zum Fenster, Arno folgt ihrem Blick. Im nächsten Moment ist auch er gefesselt. An der gegenüberliegenden Hauswand lehnt Reinhold mit weitgebreiteten Armen. Die Finger liegen gespreizt auf dem gelben Putz, seine Glatze scheint seltsam hell, fast leuchtend. Reinhold hat die wimperlosen Lider geschlossen, seine Lippen bewegen sich wie in tiefem Selbstgespräch.

Der spinnt, sagt Arno.

Oder er betet, entgegnet Tutti.

Sekunden später trägt Gerda ihr Puppengesicht um die Hausecke. Sofort erwacht Reinhold, der Beter. Tutti und Arno sehen, wie er sich abstemmt von der Wand, ganz diesseitig grinst und Gerda die Hände entgegenstreckt.

Ger–ta!

Sie hören es durch das geschlossene Fenster. Sehen Gerda, wie üblich, abwinken.

Lass das.

Kurz vor der mittäglichen Essenspause, als sie sich fast alle auf dem sonnigen Hof einfinden, trägt Tutti wieder weiße Leinenschuhe.

Frühling, was sonst.

Henne ist mit Viktor auf den Steg hinausgeschlendert. Viktor mustert mit seinem scheuen, rehbraunen Blick Hennes Gesicht. Es ist clownhaft geschminkt, breiter Lachmund, tragische Brauen.

Willst du zum Zirkus?, fragt er befremdet.

Henne lacht ihn aus.

Eh, der Gedanke macht dir wohl Angst? Ich werd eine große Komikerin, wetten?

Ich wette lieber nicht.

Valerij ist in seine Gitarre verliebt oder in Elisabeth oder in beide. Auf alle Fälle aber in Brecht.

Er geht mit Elisabeth im Hof auf und ab, auf und ab, als seien sie auf langer Wanderung. Bei dem Frühlingsschein trägt Valerij seinen Schlapphut vor der Brust, hält ihn an sich gedrückt.

Elisabeth lauscht ihm mit leicht geneigtem Kopf. Ihre langen Arme pendeln im Gehen, ab und an zupft sie Valerij ein unsichtbares Stäubchen vom Ärmel. Seine Haare sprühen im Licht, Elisabeths rotstichiges Haar schimmert feurig. So ganz bei der Sache sind die beiden, ganz bei ihrer Sache. Und Valerijs breiter Mund öffnet sich zwischen den gesprochenen Wortbrocken zu einem Lachen mit tadellosen Zahnreihen.

Brecht, verstehst du. Das ist Dramatik. Theater. Verstehst du? Verfremden, natürlich …

Elisabeth hört zu, nickt, sieht ihn von der Seite an. Und dann und wann pflückt sie Valerij ein Staubkörnchen vom Jackett.

Ger–ta!

Reinholds Stimme klingt wie ein Kniefall, aber Gerda wendet sich ab.

Lass das, zischt sie in ihrem leicht hysterischen Timbre, lass das!

Und sie wendet sich ab, verschwindet im Haus. Von der Schwelle her wirft sie einen misstrauischen Blick über die Schulter zurück. Ja, für diesmal ist sie ihn los. Reinhold schlendert auf den Bootssteg zu.

Er nimmt Henne und Viktor ins Visier. Gemessenen Schrittes geht er auf die beiden zu, gefaltete Beterhände vor der Brust. Er grient Henne ins clowneske Gesicht.

Wie siehst du denn aus?

Eh, Reinhold. Erkennst du mich?

Henne versetzt ihm einen scherzhaften Nasenstüber, und Reinhold zuckt übertrieben entsetzt zurück.

Nein, du Erscheinung! Wer bist du? Soll ich lachen bei deinem Anblick, soll ich weinen?

Beides, eh. Das bitte ich mir aus!

Und wunschgemäß lacht er, weint er, der junge, glatzköpfige Schauspieler, der Wimpernlose, der Bleiche. Henne sieht ihm fasziniert zu.

Eh, Mann! Auch du wirst es schaffen, wie ich. Und das

sagt dir Henne.

Reinhold, dem Beter, fallen Weinen und Lachen aus dem Gesicht. Er erbleicht tiefer unter seiner blassen Haut, greift sich ans Herz.

Hoffentlich, sagt er.

Und seine wimpernlosen Augenlider flattern.

Als Viktor sich einschaltet, hat Reinhold seinen Schwächeanfall schon überwunden.

Dir geht es nicht gut?

Reinhold hebt Beterhände zum Kinn, antwortet zögernd:

Doch. Ich glaube, doch.

Am nächsten Tag kommt Reinhold, der Beter, nicht zum Unterricht. Gerda streicht witternd durchs Haus, stets darauf gefasst, gerufen zu werden. Arme wie ein offenes Tor, Ger–ta! Nichts.

Sie setzt sich still in den Leseraum, Hände verschränkt im Kleiderschoß. Leises Schuldgefühl beschleicht sie. Lass das, hört sie sich sagen. Und sie sieht vor sich Reinholds wasserblauen Blick, den sie nicht ausstehen kann. Warum hängt dieses Geschöpf so an ihr?

Gerda streicht silbriges Zigarettenpapier glatt, das Tutti in den Aschenbecher geworfen hat. Strich um Strich: Ich hab es nicht bös gemeint, Reinhold. Aber selbstverständlich musst du mich lassen, du Totgesichtiger, Haarloser. Ich bin Weib und warm, dick und lüstern. Da zählt dein Ger–ta gar nichts.

Und alle fallen wie Steine zu Boden, als sie die Nachricht erreicht. Reinhold ist tot. Keiner weiß, ob sein Herz ihn einfach im Stich ließ. Ob er, selbstzerstörerisch, sein Dasein ausgelöscht hat. Ein großer Schauspieler, ein kleiner Schmierenkomödiant: Reinhold kann es nicht mehr werden. Er nimmt seine Zukunft mit sich ins Grab. Trotz Hennes beschwörender Prophezeiung. Vielleicht hätte Gerda ihn halten können?

Ger–ta!

Doch darauf war ihr nur dies geblieben:

Lass das.

Die Betroffenheit aller ist echt und kurz. Lange trauern können sie nicht, noch nicht. Junges Vogelvolk, das verängstigt die Federn schüttelt, etwas abschüttelt. Gleich darauf wieder neugierig hineinschlüpft ins eigene Leben.

Die Wochen vergehen. Gerda blickt mitunter noch misstrauisch über die Schulter, als habe sie einen Ruf vernom-
men.

Ger–ta!

Rasch wendet sie sich ab, eifrig einer neuen Rolle nach-
spürend. Ihre zierliche Nase wittert, die Puppenaugen
suchen in ziehenden Wolken nach dem rechten Ton für
Dichterworte. Tatsächlich: Gerda spielt die Rose Berndt
im Szenenstudium. Sie zwingt ihren jungen, schweren
Körper in Haltungen, die von der Bühne herab tief überzeugen.

Rune hat Tränen in den Augen:

Stinkbegabt, das Weib, flüstert sie.

Philipp hat sich mit Valerij in eine Hofecke zurückgezo-
gen. Sie sprechen leise miteinander, gestikulieren. Rune
weiß, dass sie ihre Bühnenszene miteinander durchgehen:
Herr Puntila und sein Knecht Matti. Philipp hat Reinholds
Rolle übernommen. Er fährt sich mit seiner schmalen
Hand durchs schwarze Haar, Rune meint, es zu hören. Sie
sitzt auf dem Bootssteg, unverwandt ihren Liebsten im
Auge.

Als Philipp einmal aufblickt und in ihre Richtung schaut,

zieht sich Rune das Herz zusammen. So sehr ist sie gemeint von diesen verschatteten Augen.

Einmal, sie steht wieder mit einem Florett im Fechtsaal, stutzt Tutti. Sie blickt zum Fenster hinaus, mit angehaltenem Atem. Es muss am ähnlichen Lichteinfall liegen. Reinholds Schatten scheint sich auf der Hauswand abzuzeichnen. Mit ausgebreiteten Armen, wie einst. Reinhold, der Beter, im Nachmittagsschein. Doch sogleich schwindet das Trugbild. Und Tutti, sich schüttelnd, findet in den Tag zurück.

Tutti, das helläugige Knutschpaket, legt das Florett aus der Hand. Geht langsam zum Fenster, greift nach ihrer bernsteinfarbenen Zigarettenspitze. Rune, Tuttis Fechtpartnerin, guckt ihr verständnislos nach.

Was ist denn los? Hallo, Tutti!

Und als Tutti nur wortlos aus dem Fenster starrt, tritt Rune hinter sie.

Was ist denn?, wiederholt Rune und blickt in den Hof.

Nichts. Nichts Auffälliges.

Doch Tutti lässt die Hand, in der sie die Zigarettenspitze hält, langsam sinken. Und erstaunt, als werde es ihr in diesem Augenblick erst klar, sagt sie:

Ich hab ja keine Mutter mehr.

Rune durchzucken die Worte, als habe sie selbst gesprochen. Und während sie Tutti einmal kurz über das krause Haar streicht, spürt sie einen Stich bitterer Reue in der Brust.

Denn sie hat eine Mutter. Und schätzt es zu gering.

So manches Mal schleichen sie sich nachts in die Wohnung mit den beiden Pekinesen. Sind es dumme Hunde, die nichts merken? Sind es Verbündete ihrer Liebe? Niemals schlagen sie an, niemals murren sie. Rune und Philipp halten den Atem an, sobald sie über die Schwelle der Wirtin treten. Sich atemlos machen, heißt unsichtbar sein. Sich atemlos machen heißt auch, den Gestank nicht aufzunehmen, der ausgeht von der Pinkelmatte der Hunde.

Sie schlüpfen schneller aus ihren Kleidern, als Schlangen ihre Haut verlassen. Sie sinken zueinander, Leben zu Leben, und auf dem Nachttisch leuchtet der Mond. Und wenn Rune es nicht mehr aushält, zieht Philipp den Aschekasten aus dem Ofenloch. Hüfte an Hüfte liegen sie nackt und schauen die Nacht an.

Du?

Ja. Und du?

Ja.

Solche Telegramme reichen aus, ihnen Tränen in die Augen zu treiben. Sie gewiss werden zu lassen, dass glückliches Leben vor ihnen liegt. Einander zu versprechen, dass die Treue niemals Arbeit bedeuten wird. Jung wie Frühlingslaub ihrer beider Körper.

Nirgendwo eine Dissonanz.

Rune wird zur Professorin gerufen, der künstlerischen Leiterin der Schauspielschule. Löwenmähnig sitzt sie hinter ihrem Schreibtisch, das versehrte Bein leicht von sich gestreckt. Als Rune eintritt, steht die Professorin auf und geht Rune entgegen. Ihr Hinken erinnert Rune immer wieder an die Wunschen mit ihrem Huhn. Doch die Professorin hinkt vornehmer, eigentlich anmutig. Ihre blauen Augen sprühen.

Heidrun, ich hab etwas für Sie. Kommen Sie.

Und sie legt ihr einen Arm um die Schultern, führt Rune zum Sessel.

Sie sitzen einander gegenüber, und die Professorin mustert Rune nachdenklich. Dann klopft sie mit den Fingerspitzen einen energischen Takt auf die Schreibtischplatte. Punkt, Punkt. Und nochmals: Punkt.

Eine kleine Rolle beim Film.

Rune stockt der Atem.

Für mich?, fragt sie ungläubig.

Die Professorin lächelt leicht und nickt.

Das Besetzungsbüro hat mich angerufen. Sie brauchen einen Typ wie Sie.

Glückhafte und ängstliche Gedanken schwirren Rune durch den Kopf. Film – wunderbar! Was ist sie aber für ein Typ? Zigeunermädchen? Dunkelhaariger, verliebter Teenager? Und wie denn beim Film ihre Hände verbergen? Röte schießt Rune ins Gesicht, sie stammelt:

Ja – wie schön – geht denn das?

Die Professorin streicht ihre Löwenmähne zurück.

Ich weiß, woran Sie denken, Heidrun. Erfinden Sie, improvisieren Sie, so gut Sie können. Es muss gehen, wenn Sie wollen.

Unwillkürlich hat Rune die Hände zu Fäusten geballt. Vor eine Kamera treten, mit diesen Händen? Es muss möglich sein.

Und ob sie will!

Die Filmstudios in Babelsberg kennt Rune. Sie hat dort

schon als Statistin in einer Massenszene gedreht. In einem historischen Monumentalfilm mit Studenten aus ihrem Studienjahr.

Rune nähert sich mit klopfendem Herzen. Sie ist die weite Strecke von Köpenick mit der S–Bahn gefahren, zeitig aufgebrochen zu Haus. Die Großmutter hat unter ihrer Haarmatte wunderlich auf ihre Enkelin geblickt, die sich in die Glimmerwelt von Kintopp auf den Weg machte.

Meechen, Meechen. Werd bloß nicht überkandidelt. Aber zum Abschied hat sie ihr doch einen Sterntaler als Wegzehrung mitgegeben.

Am frühen Sommermorgen trifft Rune dort ein, wo sie zu ihrem erschreckten Entzücken schon erwartet wird.

Heidrun Erlenbach? Bitte, kommen Sie.

In der Maskenbildnerei sitzt Rune vor einem großen Wandspiegel. Um die Schultern ist ihr ein Umhang gebreitet worden, prüfende Blicke einer Maskenbildnerin treffen im Spiegel auf Runes gespannten Blick. Man nimmt sie hier vollkommen ernst, behandelt sie wie eine solide Schauspielerin. Wohin wird das führen?

Während die Maskenbildnerin in Runes Gesicht Teint‑farbe und Rouge und Lidschatten verteilt, sitzt Rune steif wie eine Puppe.

Ihre Hände hält sie unter dem Schminkumhang verborgen.

Rune wird zu Probeaufnahmen in ein hell ausgeleuchtetes Atelier geführt.

Ein junges Mädchen auf Reisen. Sie steht im Gang eines Zuges, beugt sich über das herabgelassene Fenster hinaus. Auf dem Bahnsteig ihr Liebster, von dem sich die junge Reisende Rune verabschieden soll. Wie?

Die junge Reisende trägt einen Sommermantel, um den Hals ein Seidentuch geschlungen.

Bald kommst du nach!, muss Rune rufen, sich auf die Lippe beißen, ein Schluchzen unterdrücken. Und leidenschaftlich winken.

Fieberhaft arbeiten die Gedanken. Wie winken, ohne eine Hand zu zeigen? Elisabeth hat ihr eingeschärft: du musst übersetzen. Für eines ein anderes nehmen. – Erfinden Sie, hat die Professorin ihr geraten. Und blitzartig zuckt Rune eine Lösung durch den Sinn. Sie spricht ihren Satz. Beißt sich auf die Lippe, schluchzt. Und ungestüm reißt sie sich in eigener Regie das Tuch vom Hals, verschließt einen Zipfel in der Faust, winkt mit wehender Seide.

Danke.

Der Regisseur bricht ab. Er ist zufrieden mit der Lösung, die Rune angeboten hat.

Gut so, Fräulein Erlenbach. Sie sind besetzt mit der Rolle.

Rune jubelt innerlich.

So ungeschoren wird sie nicht immer davonkommen.

Großartigkeit bricht aus im Erlenbachnest: Unsre Rune ist beim Film!

Ida Erlenbach nickt. Sie guckt sich den Streifen nicht an, will auf vertrackte Weise nicht ihre Enkelin verlieren. Träume sind Schäume, sagt sie. Und darüber hinaus meint sie: Film ist Betrug.

Schickt dennoch Paul. Soll er sehen, soll er ihr erzählen. Ganz ohne Neugier ist sie nicht.

Paul Erlenbach geht, vollkommen nüchtern, ins Kino. Dass er ein Billett kaufen muss, ergrimmt ihn. Wo doch seine eigene Enkelin von der Leinwand kommt.

Der standhafte Prolet nickt ein. Da flimmert Firlefanz über die Leinwand, da wird kein Ja gegen ein Nein gestellt. Ermüdend. Einschläfernd. Sanftes Schnarchen mahnt Mamsell und Kurt, die ihm zu Seiten sitzen.

Pappa, flüstert Kurt, als er Rune auf der Leinwand erblickt, Pappa, wach auf!

Paul Erlenbach hat Runes Satz versäumt. Sieht noch, wie sie Lippe beißt und schluchzt und winkt. Später sein Bericht vor Ida Erlenbach:

Det Mädel hat jespielt wie 'ne Göttin.

Großmutter Ida glaubt es, glaubt es nicht. Ihre Rune ist keine Göttin, niemals und nirgendwo.

Auf einer Wiese könnte sie tanzen, barfuß. Das ja.

Sie sagt es, hört sich dabei zu. Meint beileibe keinen Elfenreigen. Meint die Ehrlichkeit des Himmels und des Kindes Rune.

Kurt und Mamsell in der Kellerwohnung sind nochmals mit ihren Kindern im Kino gewesen. Rotznasen nun nicht mehr, doch nicht weit davon entfernt. In Familienballung haben sie Rune auf der Leinwand erlebt.

Nehmt euch ein Beispiel an eurer Cousine, sagt Kurt nachdenklich und zwickt seine Welle zurecht. Er weiß nicht, ob er seinen Erdklumpenkindern das wirklich empfehlen soll.

Mamsell fängt den Ball, den Kurt geworfen hat. Auf dem Heimweg knüpft sie räsonierend an Kuttes Worte an.

Da könnt ihr euch wirklich ein Beispiel nehmen. Wo ein Wille ist, ist auch ein Weg. Dass ihr was Ordentliches aus euch macht. Das bringt Geld. Aber kommt mir ja nicht auf die Idee, sagt sie schieflippig und ein wenig abfällig, euch mit Filmallüren einzulassen. Handwerk, sag ich euch: Handwerk hat goldenen Boden. Das lasst euch von Mamsell gesagt sein, verstanden?

Rolf und Karin haben nicht hingehört. Sie nicken einträchtig:

Verstanden.

Dass Mamsell und Kurt zweimal Geld für Kinokarten ausgegeben haben, erfüllt Klarissa mit Stolz. Muss mächtig was dran sein an ihrer Tochter Künstlerin. Klarissa lässt sich von ihrem Herrn ins Kino führen. Er hält während der Filmvorführung eine Schachtel Pralinen für Klarissa auf den Knien. Klarissa trägt ihr dunkles Haar jetzt kurz geschnitten, sie ist keine zwanzig mehr. Sie blickt gebannt zur Leinwand auf. Als Rune ins Bild kommt, seufzt Klarissa auf. Und in ihren Stolz auf die Tochter mischt sich ein ganz klein wenig Neid. Ganz wenig. Auch sie hätte es weiterbringen können im Leben, wenn man sie gelassen hätte.

Nach Filmschluss lädt Klarissas Herr sie auf ein Gläschen Wein in die Kneipe ein. Ede sieht, dass die Dame seines Herzens keine gute Laune hat. Seine spröden Lippen blättern ein kleines Lachen auf.

Na, Mauseken, ein Likörchen dazu?

Klarissa schnaubt verächtlich durch die Nase.

Das fehlte noch!

Mauseken, sagt Ede und greift behutsam nach Klarissas Hand, hat dir deine Rune nicht gefallen?

Bevor Klarissa antwortet, fällt ihr die halbherzige Ausrede ein:

Nicht mal Runes Name war im Abspann.

Ede fährt sich mit der Zunge über die rissigen Lippen.

Dafür war die Rolle viel zu klein, Mauseken.

Klarissa fährt auf.

Nenn mich nicht immer Mauseken.

Eine Woche lang sitzt Rune jeden Abend im Kino, allein. Beklommen wartet sie auf den entscheidenden Augenblick. Sie scheint die einzige zu sein, die im raschen Zugriff auf das seidene Halstuch ihre beschädigte Hand erkennt. Im dunklen Zuschauerraum errötet sie, beißt, wie auf der Leinwand, in die Unterlippe.

Sie möchte Philipp fragen, ob er es auch gesehen hat.
Sie tut es nicht. Sie fürchtet sich vor seinem Ja.

Trotzdem würde Rune gern ihren Ersten ins Kino schicken, diesen Benjamin im schlapprigen Jammermantel. Dass er sich überzeugen könnte, wie ihre Karriere anläuft. Nicht einmal den Schauspielabschluss in der Tasche – und schon im Film auf der Leinwand zu sehen. Wie recht hat sie daran getan, ihren Beruf zu wählen.
Seit er sie nicht mehr grüßt und die blonde Frau am Arm mit sich schleift, ist kein Gedanke daran, Benjamin anzusprechen. Rune lauert der Wunschen auf. Irgendwann muss sie ihr doch begegnen.

Nein, nichts. Der Film läuft längst nicht mehr in Köpenick, als Rune sie endlich trifft. Die Wunschen mit dem Feuerschober über dem knittrigen Faltengesicht bleibt nur widerwillig stehen, als Rune sich vor ihr aufbaut. Sie verhält im Hinkschritt, taumelt sogar ein wenig. Derart abrupt ist Rune ihr in den Weg getreten. Vor Überraschung stößt sie einen Zischlaut aus. Den gleichen, mit dem sie einst Diebe von ihrem Huhn verscheuchte.

Tsss. Sonst geht's danke, ja!, sagt sie vorwurfsvoll.

Entschuldigung, stammelt Rune, ich wollte nicht ängstigen.

Rune drückt sich um die Anrede. Es ist ihr peinlich, diese fremde Frau, die einmal ihre Schwiegermutter werden sollte, zu duzen.

Sondern?, fragt die Wunschen.

Und Rune merkt ihr an, dass sie gar nicht gut auf sie zu sprechen ist.

Da wird Rune inwendig kalt und hochmütig. Was bildet diese Hottentottenfrau sich ein auf ihren Sohn? Der fast schon glatzköpfig ist und sich dauernd verlobt. Meint sie, ein Sonntagsweib zu sein? Eine Heldenfrau? Rune lacht gekünstelt auf.

Verzeihung, sagt sie nochmals, ich wollte mich nicht aufdrängen. Mein Film läuft zur Zeit im Kino – und da …

Weiter weiß Rune nicht in ihrer Maßlosigkeit, alles falsch, sie errötet bis in die Stirn. Die Wunschen schaut ihr stur ins Gesicht, sagt:

Aha.

Kein überraschtes, kein freudiges Aha. Nein, ein Aha wie vom Misthaufen gezogen. Die Wunschen hebt sogar einen Arm, um Rune zur Seite zu schieben.

Kopfschüttelnd hinkt sie davon nach ihrem beschämenden Aha. Und Rune beginnt vor Verlegenheit albern zu lachen. Eine Fanfare, der Wunschen hinterdrein geschickt.

Natürlich muss man die Stelle am Boden küssen, die der Geliebte berührt hat.

Rune und Philipp liegen auf dem Bootssteg der Schauspielschule. Eben hat Philipp sich aufgerichtet, seine nackten Füße ins Wasser gehalten. Er zieht die Beine an, steht auf. Die Abdrücke seiner nassen Sohlen bleiben Rune. Sie bleiben ihr ein Weilchen, während Philipp seine Sandalen überstreift und ins Haus zum Einzelunterricht davongeht. Rune küsst mit den Handinnenflächen seine Fußspuren, bis ihr die Sonne sie wegnimmt. Seufzend dreht sie sich auf den Rücken. Unter ihren geschlossenen Lidern prägt Philipps Abbild sich tief in sie ein. Ein durchdringender Sommerschmerz.

Meine geliebte Windfängerin, schreibt Philipp ihr aus den Sommerferien in Thüringen nach Berlin, es ist nicht gut, dass du nicht mitgekommen bist nach hier. Du fehlst mir so sehr, dass ich manchmal meine, nicht atmen zu können. Nicht gehen zu können, blind zu sein. Kannst du dich nicht aus deinem Erlenbachnest wehen lassen und hertragen vom Wind? Wo du doch seine Vertraute bist? Seine Liebste? Sag mal, muss ich eifersüchtig sein auf diesen Gesellen? Er soll sich nicht unterstehen, vertrauter mit dir zu tun als ich! Rune, Liebste, lass dich immer halten von mir.

Und Rune schreibt zurück: Du bist nun lange genug bei Mutter und Geschwistern geblieben, mein Liebster. Kommst du eher zurück? Ganz bald? Bevor die Ferien aus sind? Ich weiß einen wunderbaren Platz im Wald. Nie kommt jemand hin, immer scheint dort die Sonne, und das weiche Gras ist nirgendwo so grün. Ich lass mich immer von dir halten, sei gewiss.

Philipp kommt. Es sind heiße Augusttage, und die Liebenden finden im schattigen Wald Kühle und Mooskissen und schmeichelnde Grasbärte. Sie beide sind wie gewiegt, und sie nehmen den schwingenden Rhythmus des Sommerbodens auf, bilden ihn mit ihren Körpern nach. Sie sind aufgehoben im Atem der Welt, des Himmels. Ihre heilen Sinne sind heidnisch wie die von Urkindern, unschuldig, heiß, lebenslüstern. Und wie alle Liebenden erschaffen auch Rune und Philipp die Welt neu, und es gibt sie zum ersten Mal.

Diese neue Welt erfüllt sie mit Staunen und mit Hunger und mit Durst. Gierig fallen sie über das Picknickkörbchen her, das im Schatten eines Baumstammes lehnt. Dunkle Wurstbrote werden zermahlen in hungrigen Jungtiermäulern, Zungen schlecken Cremehäubchen von einem Tortenstück. Und das Limonadenkind Rune Erlenbach hat für Apfelsaft gesorgt, der in langen Schlucken die Kehle kühlt. Festschmaus und Sommerliebe Tag um Tag, bis abends das Käuzchen ruft. Die seligen Tage werden schon kürzer, zeitiger sinkt die Sonne. Die Wehmut des Herbstes kündigt sich mit kühleren Abenden an.

Erschöpft kehren sie heim. Rune ins Erlenbachnest, das zu eng geworden ist. Philipp zur Wirtin mit der Pinkelmatte ihrer Pekinesen. Vor dem Einschlafen seufzt Rune ins Kissen, aber sie lächelt dabei. Und Philipp sehnt sich schon wieder nach dem Liebesnest im Wald.

Das Jahr rollt davon, ein Kreislauf voller Farben, Töne, Schatten. Bunte Herbstgirlanden im Laub der Bäume, der dumpfe Aufprall einer reifen Frucht. Nur erahntes Echo davon in den Herzen der Städter, wenn sie nachts in ihren Betten aufhorchen.

Novembernebel über Spree und Dahme, durch die sich tutende Lastkähne langsam ihren Weg bahnen. Krähengezänk, Krähengelächter. Und Straßenpassanten blicken verwundert zum Himmel auf. Wenige Wochen, und es fällt Schnee. Sturm um Schornsteine und Dächer, der Runes Gelächter aufklingen lässt. Sturm, dem sie sich entgegenwirft, den sie einfängt mit gierigen Schlucken. Unersättlich. Aber dann Eiszapfen an den Laternen, Kältestille. Der Winter hält den Atem an. Bis abermals Wind sich regt, lebenspendend das Eis behaucht, es taut, es bespricht. Da ist Rune im Bunde, als grabe sie eigenhändig Schneeglöckchen aus dem erwachenden Boden. Sie liebt diesen Frühlingswind, erkennt sich in ihm, ist er selbst. Und Rune gibt Philipp davon zu kosten, wenn er sie in Armen hält und auf ihren Herzschlag lauscht.

Wieder ein hoher Sommer in hellem Licht. Keine getrennten Ferien diesmal, Philipp bleibt in der Stadt. Zu zweit sind sie am Teufelssee, am Müggelsee, in ihrem vertrauten Waldgrün.

Doch ganz plötzlich, nach einem schweren Gewitter, ist es aus mit ihrer Bleibe im Freien. Kühle Regentage machen ihnen das Lieben schwer. Kein Gedanke daran, dass sie im engen Erlenbachnest für sich sein können. Und

Philipp fasst den mutigen Entschluss, Rune ganz offen und sichtbar in seinem Zimmer zu empfangen.

Eines Nachmittags stellt Philipp Rune seiner Wirtin vor.

Er hat an ihre Wohnzimmertür geklopft. Zweifach, unaufdringlich: poch, poch.

Sie warten. Ihre springenden Herzen in der Brust klopfen das Echo nach: poch, poch. Sie haben beide heiße Gesichter.

Nach geraumer Zeit öffnet sich sacht die Tür, und aus der Tür quillt quirliges Hundefell. Die beiden Pekinesen stürzen nahezu übereinander, so heftig drängen sie in den Korridor. Unwillkürlich weicht Rune einen Schritt zurück, als die Hunde an ihr zu schnobern beginnen.

Die tun nichts, sagt mit spröder Stimme die alte Frau, die mit wirrem Grauhaar ganz augenscheinlich aus ihrem Mittagsschlaf kommt, keine Angst, Fräulein.

Rose heißt sie, Frau Rose. Sie hat ein vorspringendes Altfrauenkinn, in ihren tiefen Augenringen wuchern zahlreiche kleine Warzen. Die geben dem Gesicht der Wirtin ein schelmisches, aberwitziges Aussehen. Und Frau Rose lächelt mit schlaffen, verwelkten Lippen. Steht da, die

Hände auf der schweren Brust, ein guter Geist am trüben Sommertag.

Während sie Rune die Hand reicht, wirft Frau Rose einen kurzen Seitenblick auf Philipp. Einen hintersinnigen Blick. Das Fräulein Rune ist ihr schon von heimlichen Nachtbesuchen bekannt. Die Wirtin verbeißt sich ein Herauslachen. So feine Ohren hat sie noch in ihrem Alter. So sinnvoll ist der Spion in ihrer Wohnzimmertür.

Macht es euch gemütlich, schlägt Frau Rose den überraschten Jungen vor. Und die Toilette, Fräulein, ist eine halbe Treppe tiefer.

Seltsam. Sie können tags in diesem Raum, in Philipps Reitstall, nicht miteinander sein. Beklommen sitzen sie nebeneinander auf der Bettkante, wagen nicht, sich zu berühren. Meinen, am Spalt unter der Tür Hundeschnauzen schnüffeln zu hören. Immer wieder schauen sie auf die Türklinke, gewärtig, sie werde heruntergedrückt. Obwohl Philipp abgeschlossen hat, fühlen sie sich nicht sicher.

Wagen auch nicht, laut zu sprechen.

Die ist doch ganz nett, flüstert Rune.

Philipp schweigt dazu. Schließlich lehnt er seine Stirn

gegen Runes und flüstert zurück:

Lass uns hier weggehen.

Da hat Rune plötzlich Tränen in den Augen. Eine Traurigkeit hängt sich ihr ans Herz, die sie selbst kaum begreifen kann. Ist es der scheidende Sommer? Fürchtet sie sich vor dem baldigen Ende ihres gemeinsamen Studiums? Rune unterdrückt ein Schluchzen.

Wir dürfen uns niemals trennen, Philipp.

Niemals, entgegnet er leise. Komm, wir gehen ins Kino.

Die Kraniche ziehen. Ein Film um Trennung und Treue.

Sie sehen den Streifen zum zweiten, zum dritten Mal. Wie immer bei diesem Film halten sie einander ergriffen bei den Händen.

Nach dem Kinobesuch regnet es nicht mehr. Sie gehen durch dunkle Straßen. Unter Laternen zittern Lichtreflexe auf dem nassen Asphalt. Der wolkenschwere Himmel scheint nur inne zu halten bis zum nächsten Wassersturz. Die Nacht atmet sie an mit der Wehmut des Vergehens. Sie spüren beide, dass die Traurigkeit des Nachmittags sie eingeholt hat. Schon bald wird sich entscheiden, an welchem Theater Rune und Philipp ihr erstes Engagement bekommen werden.

Rune runzelt die Stirn. Im Dahingehen fragt sie unvermutet:

Würdest du an ein anderes Theater gehen als ich?

Als Philipp zögert, entzieht ihm Rune die Hand.

Das würdest du tun, Philipp?

Atemlos, ungläubig gefragt. Rune ist stehen geblieben,

Du, antwortet Philipp vorsichtig, wir hätten zu großes Glück, wenn ein Theater uns beide will.

Das würdest du tun?

Wenn es anders nicht geht?

Da wirft Rune ihm die Arme um den Hals, heult los wie ein Kind.

Mein armer Philipp! Du darfst dich nie von mir trennen!

Nie im Leben werde ich das tun.

Rune hascht nach diesen Worten, nimmt Philipps Gesicht in beide Hände.

Niemals?, fragt sie drängend.

Niemals, antwortet Philipp. Das schließt doch nicht aus, dass wir in verschiedenen Städten spielen werden.

Rune nimmt ihre Hände von Philipp, legt sie fest ineinander. Wind hat sie gefangen. Und das Versprechen von kleiner, lebenslanger Dauer. Sie lächelt.

Muss wohl sein, sagt sie, muss aber nicht.

Tutti hat ihre weißen Leinenschuhe wieder gegen Stiefelchen vertauscht. Während der Nächte herrscht leichter
Frost, es ist November geworden.

Sie sind beisammen im Leseraum. Arno mit seiner
schwarzen Locke sitzt am Fußboden, mit dem Rücken
gegen den Sessel gelehnt, in dem Tutti kauert. Tutti klopft
mit ihrer leeren Zigarettenspitze gedankenlos einen Takt
auf die Tischplatte. Bald aus, bald aus, hört Arno aus den
leichten Rhythmen heraus. Und vergewissernd dreht er
den Kopf, blickt zu Tutti auf. Tutti lächelt, ihr Grübchen
spielt, und mit der freien Hand zaust sie Arnos Haar.

Sei ruhig.

Dämmerlicht fällt zum Fenster herein, der Himmel hat
sich an diesem Tag überhaupt nicht aufgehellt. Bis auf das
ungeduldige Trommeln der Zigarettenspitze ist es still im
Raum.

Tutti, sagt Elisabeth vorwurfsvoll und streicht eine
Strähne ihres rotstichigen Haars zurecht, Tutti, du störst.

Sofort hält Tutti inne, lässt die Spitze in ihrer Rocktasche
verschwinden.

Ja, Frau Gouvernante, sagt sie ohne Spott.

Warum ist ihnen so versonnen, so versponnen zumute
während dieser Nachmittagsstunde?

Sie hatten miteinander darüber sprechen wollen, wie sie ihre Weihnachtsfeier gestalten. Ganz plötzlich sind ihnen die Worte ausgegangen. Als dächten sie gemeinsam an das Ende ihres Beieinanders. In wenigen Monaten müssen sie sich trennen, auseinanderflattern wie aufgescheuchte Vögel. Aber freuen sie sich nicht darauf? Wird sie nicht der Zauber neuen Beginnens durchströmen?

Valerij hat seine Gitarre an die Wand gelehnt. Er sitzt in einer Ecke im Sessel, seine schwirrende Mähne steht ihm hell über der Stirn. Obwohl er fast immer lacht, fast immer singt: Sein großer Mund ist jetzt ernsthaft verschlossen, verriegelt die ebenmäßigen Reihen der Zähne. In Valerijs graublauen Augen ein Sinnen, das schlecht zu seiner Brecht–Leidenschaft passt. Er scheint zu träumen.

Henne berührt ihn vorsichtig am Arm. Sie hat sich über ihn gebeugt in scherzhafter Besorgnis.

Eh, Valerij, krank?

Ein kurzer Blick, er streift ihre Hand ab.

Ist gut, Henne.

Philipp hält Rune auf den Knien, sie hat sich an seine Schulter geschmiegt wie zum Schlaf.

Er betrachtet Rune mit seinem verschatteten Blick, das

Blau seiner Augen hat Endlosfarbe, und Rune seufzt betört.

Eh, schlaf nicht ein, mahnt Henne, dein Philipp ist kein Sofa.

Viktor, mit einem Notizblock auf den Knien, blickt rasch zu den beiden hinüber. In seinen scheuen, rehbraunen Augen blitzt noch immer Eifersucht auf. Er klopft mit einem Stift auf den Notizblock.

Ich warte auf eure Vorschläge. In vier Wochen muss unser Programm stehen.

Gerda gibt sich den Anschein angestrengten Nachdenkens. Die Stirn in ihrem Puppengesicht legt sich in Falten.

Ich finde, sagt sie, wir sollten.

Vorläufig ist dies der einzige Vorschlag.

Und plötzlich geschieht etwas Seltsames. Die Tür des Raumes öffnet sich von selbst einen Spaltbreit. Vielleicht war sie nicht eingeklinkt, vielleicht hat Wind sie aufgedrückt. In die Runde der jungen Menschen fällt dieser Augenblick wie ein Stein, vom Himmel geworfen. Herabgekommen aus der Ewigkeit. Sie starren dieses Nichts an. Und sie sehen diesen Schatten, der sogleich wieder schwindet. Reinhold, der Beter, ist zu ihnen getreten, und in der atemlosen Stille hören sie ihn flüstern.

Ger–ta.

Unwillkürlich kehren sich aller Blicke Gerda zu.

Und es ist erstaunlich, nicht Gerdas hysterische Stimme entgegnen zu hören: Lass das.

Die beiden jüngeren Studienjahre sind schon in die Weihnachtsferien gefahren. Von den Dozenten ist nur noch die Professorin da, und sie hilft dem Trüppchen am Vormittag nach der Feier beim Aufräumen.

Ihre Unterlippe ist feucht, immer wieder fährt ihre Zunge darüber hin. Hat sich gestern abend verbrannt am allzu heißen Glühwein, als sie die Probe nahm. Nun kann ihre Zunge nicht von der Wunde lassen.

Tutti steht gedankenverloren und raucht. Ihr leerer Blick ist auf den Tannenstrauß gerichtet, der in einer Bodenvase vor ihr steht. Kugeln daran, Strohsterne, Lametta. Tutti hält die Hand mit der Zigarettenspitze leicht von sich gespreizt.

Nur Mut, sagt die Professorin.

Sie hinkt anmutig herbei, legt Tutti eine Hand auf die Schulter.

Machen Sie, Tutti, der Strauß muss weg.

Tutti ist leicht zusammengeschreckt, als die Professorin sie aus ihrem Wachtraum riss.

Ja, entgegnet sie leise, sofort.

Nachdem sie ihre Zigarette ausgedrückt hat, beginnt Tutti den Schmuck von den Zweigen zu pflücken.

Die letzte Ernte des Jahres.

Valerij rührt keinen Finger bei der allgemeinen Aufräumaktion. Und niemand erwartet das von ihm. Er lehnt, seine Gitarre im Arm, mit dem Rücken gegen das Fenster. Zupft Töne aus den Saiten, singt dazu.

Elisabeth, die am Boden hockt und mit ihren langen Armen nach schmutzigen Gläsern hangelt, blickt berückt zu Valerij auf.

Sein breiter Russenmund lacht sie an.

Philipp holt Wolken vom Himmel.

Er steht auf einer Leiter, knotet wattige Schneeballen los und lässt sie zu Boden segeln. Rune, seine Windfängerin, steht am Fuß der Leiter. In ihren Armen fängt sie auf, was Philipp ihr zuwirft.

Eh, Pause.

Henne tritt herein, eine Kanne mit dampfendem Tee in

der Hand. Unwillkürlich zieht die Professorin ihre wunde Lippe in den Mund.

Wieder etwas zum Verbrühen, sagt sie und wirft ihren Kopf mit der raunenden Löwenmähne zurück, na los.

Nimmt eine Tasse vom Tablett, schenkt sich ein. Sich und all den anderen.

Wo sind die denn?, fragt die Professorin und schickt einen suchenden Blick, drücken sie sich vor dem bisschen Arbeit?

Viktor ist hinausgegangen, weil er es nicht mit ansehen konnte: Philipp und seine Fängerin.

Arno schaut zur Tür herein, lächelt entschuldigend.

Tutti, kommst du bald?

Nein. Tutti sortiert und ordnet. Hat darüber ganz das Rauchen vergessen.

Gerda erscheint mit Wischeimer und Schrubber. Die Professorin schüttelt missbilligend den Kopf.

Gerda, Sie übertreiben mal wieder. Das besorgt die Hausmeisterin später.

In Gerdas Puppengesicht blinzeln verständnislos blaue Äuglein, Schlafäuglein.

Ach so?, fragt sie.

Und ihre Stimme sirrt hysterisch.

Noch einmal feiern sie miteinander, noch einmal geht es turbulent zu.

Das neue Jahr ist winterlich über die Stadt hergefallen, dicker Rauch aus Schornsteinen, hitzig wärmende Kachelöfen in den Häusern. Den vermummten Menschen auf der Straße steht die Atemwolke wie eine Scheibe durchsichtigen Frostes vor den Mündern. Stimmen klirren wie splitterndes Eis, wenn sie sich aus Mantelkrägen hervorwagen.

Februar. Rosenmontag, Fastnacht. Nach der Weihnachtsfeier hat Philipp Wolken vom Himmel geholt, jetzt hängt er Teufelchen an Fäden auf. Wie sehr sie jetzt ein Paar sind: Wieder steht Philipp auf der Leiter, und Rune reicht ihm das schwebende Gelichter zu. Auch trunkene Engel werden von der Decke baumeln, an sirrenden Fäden über den Narren schaukeln. Auch Mönchsgesichter mit geröteten Nasen und Wangen. Auch Monde und Sterne für das Zweitagefest.

Wieder ist es das dritte Studienjahr, dem die Hauptarbeit

zufällt. Die grobe Gestaltung haben die beiden unteren Klassen übernommen. Haben aus Sackleinwand und Holzstreben ein tonnenartiges Zelt gebaut, Tischchen und Hocker hineingestellt, Schlummerliegen, eine Bar. Ein paar der Studenten stehen herum und schauen zu, wie die Großen ans Werk gehen.

Elisabeth mit ihren affenartig langen Armen bemalt die Sackleinwände. Ein Eimerchen mit Farbe hängt ihr am Arm. Sie stippt mit dem Pinsel hinein, verteilt über Kopf Faschingstupfer. Das sind Kringel, sind Zacken, sind Punkte. Und Valerij lacht dazu aus breitem Mund, sieht zu, den Kopf im Nacken. Er hält die Gitarre vor der Brust, zupft ab und an ein paar Begleittöne aus den Saiten. So hat auch er seine Arbeit.

Das Knutschpaket mit seinem Grübchen in der Wange raucht. Tutti hat ihre Zigarettenspitze verlegt, ist leicht irritiert. Sie mag die Zigarette nicht unmittelbar zwischen den Lippen, Tabakkrümel fusseln. Sie klopft mit dem Fuß einen ungeduldigen Takt. Nicht weiße Leinenschuhe. Tutti trägt Stiefelchen.

Und Arno–Romeo sucht. Sucht im ganzen Schauspiel-schulhaus nach Tuttis Zigarettenspitze.

Auf der Probebühne steht Henne neben dem Klavier. Im Zuschauerraum hockt Gerda, sie soll Hennes Darbietung begutachten.

Frau Holland–Hübsch sitzt mütterlich am Klavier. Ihre Finger picken die Töne nur leise aus dem Kasten, Hennes Stimme soll zur Geltung kommen. In den gewölbten Augäpfeln der Lehrerin liegt freundlicher Beistand. Sie nickt Henne ermunternd zu.

…Ich hätte längst schon Morphium genommen, singt Henne kaltschnäuzig, *aber der Nowak lässt mich nicht verkommen.*

Vorbereitung zur Faschingsfete?

Unbedingt. Henne will es am ersten Abend allen vorsingen. Allen? Einer fehlt seit Monaten.

Gerda im Zuschauerraum ist überzeugt.

Gut so, ruft sie zur Bühne hinauf, gut, Henne!

Und dann blickt sie verwirrt über die Schulter zurück. Als habe jemand Ger–ta gesagt.

In bunten Kostümen wimmeln sie durcheinander, ein Treiben von Hexen, Zigeunerinnen und einäugigen Seefahrern. Rune ist ein Fliegenpilz, mit weißgetupftem Rothut auf dem Kopf, der unter dem Kinn mit Gummiband festsitzt. Eine rotweiße Schärpe um die Taille, weiße

Strumpfhosen, rote Flachschuhe. Philipp ist ähnlich gekleidet und gibt sich als Rumpelstilzchen aus. Auf dem Kopf trägt er statt des Hutes eine Zwergenmütze. Valerij, wie könnte es anders sein, tänzelt mit seinem gefährlichen Mackie–Messer–Stöckchen durch den Raum. Er hat es übernommen, den Plattenspieler zu bedienen. Immer ist Valerij zuständig für ein bisschen Musik.

Zwei Abende und Halbnächte hindurch tanzen sie, toben, lachen, trinken. Schwache Bowle, von der keiner betrunken werden kann. Brauchen es nicht. Sie sind trunken aneinander, an den Rhythmen der Musik, an dem Feuer in ihrem Blut. Etwa dreißig junge Menschen, die später einmal, von einer Bühne herab, Zuschauer mitreißen wollen. Nachdenklich, traurig, heiter stimmen wollen. Am nahesten diesem Ziel sind die Großen, die aus dem Dritten, die den Raum geschmückt haben. Von der Decke herab baumeln Teufelchen, Theaterfratzen. Und vielleicht tanzt unter dem Spukvolk im Zelt ein künftiger Mephisto. Vielleicht ein Gretchen, eine Mutter Courage. Vielleicht auch ein Schäfchen, das seinen Weg verfehlen wird und strandet.

Rune als Fliegenpilz trägt weiße Handschuhe. Immer wieder trachtet sie danach, ihre Hände zu verbergen. Wird ihr das immer gelingen?

Rune wirft so heftig den Kopf, dass ihr der Pilzhut in den Nacken rutscht. Und ob. Es gibt keinen Zweifel, der bis ins Herz reicht.

Im Mai werden die Intendanten verschiedener Theater kommen, manche mit ihren Regisseuren im Schlepptau. Sie werden im abgedunkelten Zuschauerraum sitzen, erwartungsvoll den Schauspielabsolventen zusehen. Sich Szenen zeigen lassen, blutjunges Theater. Und dann werden sie sich für diese oder jenen entscheiden, um sie an ihre Theater zu engagieren. Ein bisschen Jahrmarkt, auf dem junge Seelen eingekauft werden. Erste Schritte in Lebenskarrieren.

Sie arbeiten unter Hochdruck. In sechs Wochen soll die Entscheidung fallen.

Rune und Arno als Julia und Romeo. Die Balkonszene, zu Beginn ihres Studiums erarbeitet, wird aufpoliert, erneut geprobt. Beider Leistungen überzeugen die Professorin. Ihre Löwenmähne klingt, wenn sie sich mit der Hand durchs Haar fährt.

Genau so, ruft sie zur Bühne hinauf, haltet das fest.

Henne hat Einzelproben bei Frau Holland–Hübsch. Sie hat es durchgesetzt, im Mai einige Songs und Couplets vortragen zu dürfen. Unerschütterlich ist Henne davon überzeugt, kabarettistisch arbeiten zu müssen. Von Anfang an.

Während Henne freche Lieder singt, greift Frau Holland–Hübsch in die Tasten. Sie lächelt dabei, sie stimmt zu. In ihren gewölbten Augäpfeln liest Henne mütterliche Neigung zu dem, was sie arbeitet.

Na also, eh.

Sie dürfen ihre Lieblingsrollen wählen. Die Szenen, in denen sie am stärksten sind, glaubhaft. Valerij wählt den Puntila, die dicke Gerda ihre Rose Berndt. Jeder besinnt sich auf seine gelungenste Rollenarbeit.

Philipp wirft Rune einen fragenden Blick zu.

Glaubst du, dass mein Knecht Matti gut ist?

Rune deutet den Blick richtig. Sie nickt.

Viktor verstrickt sich in Zweifel. Er spricht mit niemandem darüber.

Hat sein Brackenburg–Monolog genügend Ausstrahlung? Schließlich entscheidet er sich dafür.

Elisabeth spielt die Elisabeth, und Tutti ist ihre Partnerin als Maria Stuart. Ein Darstellerinnenpaar, das gut aufeinander eingestimmt ist. Spannung zwischen beiden Frauen. Arno hat für Tutti die Zigarettenspitze wiedergefunden. In einer Spielpause steckt Tutti sich eine Zigarette an. Während sie gedankenvoll Rauch ausbläst, denkt sie zurück.

Erinnerst du dich, wie gut er als Dorfrichter Adam war? Elisabeth stutzt, dann fällt es ihr ein.

Stimmt, entgegnet sie leise.

Reinhold, der Beter. Lange her, seit er ging.

Und Tutti trägt schon wieder weiße Leinenschuhe.

An einem Vormittag im Mai ist es, als flatterten Wimpel und knatternde Fahnen über der Schauspielschule. Lauer Wind, ein sonniger Tag, Blütenstaub in der Luft. Für die jüngeren Studienjahre fällt der Unterricht aus. Dieser Tag gehört den Großen, den Zugvögeln, denen heute die Richtung gewiesen werden soll.

Bevor Rune das Schulgebäude betritt, hat sie eine heimliche Verabredung mit dem Wind. Sie geht weit auf den Steg hinaus, kniet nieder. Beugt sich zum Fluss hinab, taucht beide Hände ins kühle Wasser. Vielleicht soll ein Zauber wirken. Streckt dann die nassen Hände dem Frühlingswind hin, der sie anhaucht und schmeichelnd trocken leckt.

Mach, dass es niemand sieht, Wind.

Auf der Studiobühne, im Licht der Scheinwerfer, fiebern sie. Jeder von ihnen muss heute entdeckt werden von einem der Männer, die hergereist sind nach Berlin und im Zuschauerraum sitzen. Man wird ihnen großartige Engagements anbieten, kein Zweifel. Sie brauchen nur ihr Bestes zu geben.

Hinter der Bühne, vor ihrem Auftritt, greift Rune mit eiskalten Händen nach Philipp.

Steh mir bei. Himmel, ich werde kein Wort herausbringen.

Philipp nimmt sie in die Arme.

Alles wird gut.

Die Stunden gehen. Am zeitigen Nachmittag ist das Vorsprechen für alle überstanden.

Henne war als Letzte an der Reihe. Sie hat für ihre Songs und Couplets Gelächter eingeheimst, sie war frecher denn je.

Und Frau Holland–Hübsch, die Henne am Klavier begleitete, hat ihr zugenickt.

Prima, Mädchen. Gut gemacht.

Sie warten miteinander im Leseraum, bis sie einzeln gerufen werden.

Valerij hält seine Gitarre im Arm, doch vor Aufregung kann er nicht spielen. Er schlägt nur immer wieder mit der flachen Hand rhythmisch aufs Holz, bis ein Blick Elisabeths ihn innehalten lässt.

Menschenskinder, sagt er, Menschenskinder!

Tutti raucht Kette. Kaum hat sie eine Zigarette im Aschenbecher ausgedrückt, steckt sie die nächste in ihre Spitze. Ihr Wangengrübchen zuckt.

Und ihre weißen Leinenschuhe sehen an diesem ungewissen Tag so ganz und gar verlässlich aus.

Viktor kommt herein. Aller Augen bedrängen ihn.

Und? Wie war's?

Seine scheuen, rehbraunen Augen suchen Rune. Er weiß

es schon. Und sie weiß es noch nicht.

Sie beide bekommen ein Angebot an dasselbe Theater.

Als nach Viktor Rune gerufen wird, fliegt ihr eine Ahnung durch den Sinn.

Warum guckt er sie so abgründig an?

Rune wird als erste Rolle in ihrem Engagement die Emilia Galotti spielen. Sie versteht dieses Mädchen, das lieber den Tod wählt, als sich der flüchtigen Leidenschaft eines Prinzen zu opfern.

Rune jubelt und weint. Sie ist entzückt von dieser Aufgabe. Sie ist zu Tode betrübt; denn Philipp geht an ein anderes Theater.

Im Leseraum fällt sie Philipp um den Hals.

Ich gratuliere dir ja auch, sagt sie schniefend, aber! Ich wollte dich doch bei mir haben. Immer!

Das schaffen wir schon, flüstert Philipp ihr zu, irgendwann kommen wir zusammen.

Einen Tag lang bekommen sie Bedenkzeit. Für jeden von ihnen zeigt sich ein Theater interessiert.

Nur Henne hat sofort zugesagt. Ein Angebot an die *Pfeffermühle*.

Genau das, was sie von Anfang an gewollt hat.

Am nächsten Morgen entscheidet sich Rune, mit Viktor ins Engagement nach Dresden zu gehen. Etwas blass sitzt sie der Professorin gegenüber, die ihr versehrtes Bein unter den Schreibtisch streckt.

Haben die, fragt Rune stockend, haben die es nicht gemerkt?

Die Professorin fährt sich über die Löwenmähne.

Nein. Kein einziger.

Und als Rune sie fragend anblickt:

Aber ich habe es ihnen gesagt.

Ein Schatten, ein leises Erschrecken.

Heidrun, jetzt beweisen Sie sich. Man will Sie trotzdem haben.

Ein Windstoß bläht den Fenstervorhang. Rune hebt den Blick, öffnet die Hände.

Die Windfängerin gibt sich frei.

ZU EINEM SELBSTPORTRÄT CHAGALLS

Ihm fallen kleine Geigen aus dem Mund,
wenn sich die Hände unterm Weinglas falten.
Er lächelt sich die bleichen Zähne bunt

und flüstert fremd mit seinen Traumgestalten.
Er greift ins Herz und hebt ein kleines Reh,
und seine Hand vermag es nicht zu halten,

so tief tut ihm die Zartheit weh.
Er ruft in Wälder, die gesunken sind
und beugt sich über irgendeinen See.

Durch seine Träume weht ein ferner Wind,
er stellt sie lächelnd neben sein Gesicht
und spricht mit allen, die gestorben sind…

Nur Pferde, wilde Pferde, nennt er nicht.

INGRID HAHNFELD

Wir danken den Nachfahren Chagalls für die Möglichkeit, das „Bildnis meiner Braut mit den schwarzen
Handschuhen" für das Cover zu reproduzieren.

Bibliographie:

Hasenbrot, Erzählung, 1971, EVA Berlin
Nachbarhäuser, Erzählungen, 1973, St. Benno Leipzig
Lady Grings, Erzählungen, 1975, St. Benno Leipzig
Spielverderber, Roman, 1976, St. Benno Leipzig
Nelken im Korsett, Kriminalerzählung, 1983, Das Neue Berlin (Verlagspreis)
Villa Ruben, Roman, 1988, Neues Leben Berlin (Worpswede-Stipendium)
Schwarze Narren, Kriminalroman, 1988, Neues Leben Berlin
Brot für Schwäne, Roman, 1989, Das Neue Berlin
1996, S. Fischer Frankfurt/M.
Die graue Dogge, Erzählungen, 1991, Das Neue Berlin
Als sängen Vögel unter Glas, Gedichte, 1991, Literarischer Salon Gießen
Das unsichtbare Lächeln der Giraffe, Kinderbuch, 1991, Kinderbuchverlag Berlin
Das tote Nest, Roman, 1996, S. Fischer Frankfurt/M.
Höllenfahrt, Tagebuch einer Depression, 1998, S. Fischer Frankfurt/M.
Niemandskinder, Roman, 2000, Militzke Leipzig
Die schwarze Köchin, Roman, 2001, Militzke Leipzig
Nicht Ophelia, Roman, 2003, Militzke Leipzig
Die Windfängerin, Roman, 2003, Rinke Gröbzig